CW01647213

Giovane Holden Edizioni

Questo libro è un'opera di fantasia. Nomi, personaggi, luoghi e avvenimenti sono il prodotto dell'immaginazione dell'autore o, se reali, sono utilizzati in modo fittizio. Ogni riferimento a fatti o persone viventi o scomparse è del tutto casuale.

I edizione marzo 2013
Titolo originale: "La sciamana"

ISBN: 978-88-6396-305-2

www.giovaneholden.it
holden@giovaneholden.it

Camelot

collana fantasy e fantascienza

www.giovaneholden.it/autori-annamariapezzimenti.html

Annamaria Pezzimenti

La sciamana

Alla mia amica Zara
perché in questo ha creduto.
A mio figlio Ivan
che tutto questo ha nutrito.
Ai miei genitori
forza, spinta e sicurezza della mia vita.

Acqua

Come tetra madre genera, poi scorre, distrugge
limpida scivola avvolgendo infine
nell'impalpabile abbraccio.

L'armadietto sembrava aperto, provai a infilare una mano nella fessura e lo sportello si spalancò, ero curiosa in effetti di capire cosa potessero conservare lì dentro. Il legno pitturato d'arancione scricchiolò un po' quando la cerniera si aprì completamente e lo sportello mi rivelò il contenuto: buste di plastica appallottolate, qualche elenco telefonico, una vecchia rivista e una ciotola con semi. Sembravano quelli che tanti anni fa vendevano nelle piazze da dare ai piccioni, prima che perdessero di fascino per grandi e bambini e fosse più importante scacciarli che nutrirli per attirarli. Niente, insomma, che mi potesse indicare il nome della famiglia che abitava la casa accanto alla mia. Quell'armadietto appoggiato accanto al portone d'ingresso, mi avevano detto, era l'unico mezzo di comunicazione, non c'era infatti telefono, non c'era un campanello, un nome sulla targhetta, né una cassetta della posta. La signora che vendeva il pane nella strada di fronte diceva che aveva visto il postino lasciare le lettere in quell'armadietto, null'altro.

Eppure quando vent'anni prima avevo abitato la stessa casa, quando era la mia famiglia a prenderla in affitto stagionalmente, ricordo che lì vivevano degli anziani signori simpatici. Lei faceva una torta di patate buonissima e lui mi riparava spesso i giocattoli quando si rompevano.

Sì, erano passati tanti anni ma quella via della città non mi sembrava cambiata affatto. Ritornare lì, proprio lì, ora nella mia nuova veste di madre e compagna, lavoratrice e regolare e contribuente del fisco, non più ragazzina al seguito di mamma e papà, mi aveva dato un forte senso di indipendenza e la certezza che ora io stavo avendo uno spazio davvero adulto nel mondo.

"Se vuoi ti lascio libero il ripiano di sinistra, tanto non lo uso."

La voce mi fece sobbalzare, d'istinto chiusi l'armadietto, così come fa chi si sente colto in flagranza di reato. Mi girai e davanti mi ritrovai una donnetta anziana, coi capelli spettinati ma raccolti sulla nuca, stranamente neri come il petrolio, la pelle scura tanto da farmi indugiare col pensiero che fosse straniera, di qualche paese dell'equatore. Il viso, eccezionalmente particolare, era rugoso.

"Non sto pensando che mi volevi rubare il giornale, se è questo che ti preoccupa."

I suoi occhietti neri e vispi mi stavano dando fastidio, mi guardava senza alcuna sorpresa e con una sicurezza tale solo delle bestie più selvatiche. Priva di fronzoli e senza alcuna cosciente consapevolezza. Eppure non c'era cattiveria in quello sguardo, ma tanta profondità.

"Vieni dentro dai, e non stare lì imbambolata. Vieni che ti faccio vedere." Mi trattava con completa disinvoltura, come se mi conoscesse da sempre, io balbettai qualcosa seguendola.

"Signora, cercavo solo un modo per comunicare con voi, ho preso la casa accanto in affitto e abbiamo un cortile in condivisione, solo che è interamente occupato dalle vostre cose e non riesco a far giocare mio figlio con il monopattino. Sarebbe così gen..."

Il discorso fu troncato dalla mia stessa meraviglia, oramai dentro l'abitazione iniziai a guardarmi intorno, rapita. Non era cambiato nulla, rispetto a vent'anni fa, se non gli inquilini e una parete che spezzava il grande atrio formando un corridoio a difesa di un salottino. Sbirciai dentro passando e su un divano damascato, molto vecchio, notai seduto un giovane uomo intento a giocare con un neonato. Sorridevano entrambi ed era una scena molto forte. Antico divano contro moderno e giovane duetto.

"Sì, sì, il cortile. Dirò a mio nipote di togliere quelle cianfrusaglie e dare una pulita. Non pensavamo che affittassero così presto la casa. Come puoi vedere qui è cambiato tutto, abbiamo rimpicciolito l'ingresso e ricavato una cucina nella veranda, così quando cucino prendo il sole dalle vetrate."

La donna mi conduceva all'interno della casa dalle pareti scurite dal tempo, un po' sporche, e scarsamente luminosa, come tutte le case di questo quartiere della laguna. Io la seguivo un po' curiosa, un po' imbambolata, un po' sorpresa per quel trattamento confidenziale che però, in fondo, non mi dispiaceva. Arrivammo in un tinello nel centro del quale troneggiava un grande tavolo di legno pieno di tante cose. Sacchetti di erbette, giornali, fotografie e ingredienti per la preparazione del cibo sparsi qui e là. Una ragazza sulla ventina, dai capelli ramati e l'incarnato chiarissimo, ci venne incontro. Prese in mano le buste della spesa dell'anziana donna e la baciò sulla guancia.

"Tata Lia, tata Lia! Quanto ci hai messo?" le chiese sorridendo, ma un po' apprensiva, poi mi rivolse un timido saluto con la mano.

"Ciao," risposi io e mi accomodai sulla sedia che l'anziana mi indicava.

"Ci ho messo il giusto, metti su un tè per cortesia e portami dello zenzero," disse l'anziana donna sedendosi pesantemente al tavolo accanto a me.

"Vieni che ti leggo il futuro," sentenziò quasi, come se fosse una procedura necessaria per accedere a quell'originale bazar di cucina e stanza da pranzo.

"No, no, non credo in certe cose, grazie, e poi non voglio sapere il mio futuro, voglio scoprirlo man mano," ribattei incrociando le braccia come a difendermi.

Ma la mia voce non fu neppure udita, la donna chiuse gli occhi e iniziò a mugolare strane parole che non comprendevo affatto. A volte scorgevo termini che sembravano latini a volte sudamericani. A volte mi perdevo nell'osservarle il volto che mutava distendendosi, come se le pieghe del tempo sparissero per svelarmi un volto arcano e angelico. Provai disagio e cercai di interromperla ma la ragazza mi venne accanto e con estrema naturalezza mi disse: "È inutile, tata Lia oramai ha iniziato il suo cammino nel tuo sentiero, non puoi fermarla".

Tutto come se fosse la cosa più naturale del mondo, come se si stesse lavando le mani prima di impastare il pane o si stesse allacciando la giacca prima di uscire di casa in pieno inverno. Ero sgomenta.

Cercai una via di fuga con lo sguardo mentre la cantilena continuava, la donna si alzò, sempre con gli occhi chiusi, e si fermò di fronte a un armadio di legno vecchio, sul cui sportello c'erano incisioni e linee. Con uno strano pennino iniziò a scrivere qualcosa, ma non erano lettere, quanto più simboli, poi ancora linee, disegni che andavano a unirsi agli altri. Io la seguivo ora incantata.

La ragazza appoggiò la teiera sul tavolo, un piattino con delle fette di limone, un altro più piccolo con dello zenzero grattugiato. L'aroma del tè verde si spandeva per la stanza. Me ne versò un po' in una tazza di ceramica cinese e me la avvicinò davanti sul tavolo, invitandomi con un sorriso a bere. Poi fece lo stesso verso il posto della donna che ancora in piedi disegnava, ma tacendo ora.

Come avrei potuto bere del tè in quella situazione? Ero entrata con lo scopo di ottenere un pezzo di cortile per i giochi di mio figlio, e ora mi ritrovavo a combattere per non ottenere un pezzo della mia vita futura, che poteva rivelare troppo del mio animo e delle mie paure.

Tata Lia forzò la punta del pennino contro il legno e impresse due linee continue e una spezzata, mi ricordavano le linee dei Ching che per gioco ogni tanto leggevamo con le amiche prendendo il caffè.

"Sì, certo, strada piena, strada vuota, strada. Ne hai fatta tanta, Angela, vero? Poi ti sei stancata e hai chiesto agli spiriti di conservare le tue memorie nella tasca del tempo." Le parole della donna mi raggelarono. Cosa ne sapeva lei di me? Il mio nome? E che assurdità blaterava?

Avevo trascorso mesi ferma in mezzo a un oceano di azioni non compiute, ad attendere, o semplicemente a remare contro una corrente che mi rendeva immobile. Camminavo attraverso la mia vita, i doveri, la paura di non farcela, i soldi che non erano mai abbastanza, gli anni che passavano e facevano diventare i miei CD *vecchi, i miei film storici e i miei amici sempre più impegnati o noiosi. E poi aver paura di volare di nuovo, amare e odiare, sentire di essere sul ciglio di qualcosa che fosse salto o caduta libera, ma senza alcuna vista davanti a me. Scappare era la sola cosa che sapevo fare bene dopotutto e allora, quando ogni cosa era iniziata a divenire stretta, avevo messo poche cose in un borsone da palestra, delle scarpe comode, poca musica nel mio lettore, qualche* DVD, *la mano del mio piccolo ometto stretta nella mia, ed ero partita. Chilometri tra notte e alba, verso la casa dove ero stata per l'ultima volta bene, protetta, gioco e nido, insieme alla mia famiglia, per ricominciare da lì forse, durante una vacanza che sarebbe durata finché ne avessi avuto voglia. Nessun biglietto, nessuna mail, nessun* SMS, *nessuno sapeva dove sarei andata e per quanto. Neppure lui, salito su un aereo che lo avrebbe portato dall'altra parte del mondo per settimane. Mi ero sentita crudele, sparire così, chissà quanto mi avrebbe cercata, quante chiamate avrebbe provato a fare al mio computer la notte o la mattina, fino a rassegnarsi. E nel compiacimenti della mia crudeltà constatata, gioivo e ne godevo.*

Sì, era esattamente questo ciò che volevo, sparire, dietro un ventaglio o una maschera decorata da rosoni barocchi, sotto una cappa di silenzio e danzare, fino a essere stremata, nell'oblio dell'indecisione, quella che ti fa sentire al sicuro perché nulla è ancora accaduto e tutto può ancora succedere.

"Forse è bene che io vada," dissi incerta, ma mentre le parole prendevano forma nel mio respiro, io stessa ne ero sempre meno convinta. Le mie labbra desiderarono quell'aroma, quel caldo vapore che fluttuava dalla tazza verso il mio volto. E bevvi. Bevvi finché quel liquido che sapeva di posti lontani non mi bruciò la gola, lo stomaco, l'anima. Finché le parole di tata Lia, la veranda coi fiori e il sole, i capelli colore del grano della ragazza e la polvere di zenzero non si confusero in un'unica grande macchia, mutevole e cangiante come l'animazione di un quadro di Dalì.

Un gabbiamo volò sopra la mia testa, ad ali spiegate planò lentamente verso uno scoglio. Dov'era finito il soffitto del tinello? Al posto del frigorifero c'era una collina di sabbia e sentivo la pelle bruciare. Il gabbiamo riprese il volo, emise un lungo e stridulo grido, poi mi sfiorò quasi i capelli e scomparve oltre le mie spalle.

Tata Lia era un ricordo, o sembrava non essere mai esistita, a terra granelli si insinuavano tra le dita dei piedi. Avevo perduto le mie scarpe da ginnastica?

Mi resi conto che non riuscivo più a controllare il mio corpo. Ero smarrita e paralizzata. In me si fece strada l'idea di essere stata avvelenata o che in quel dannato tè ci fosse una sostanza allucinogena e che mai, forse, più avrei rivisto mio figlio.

Un dolore terribile, mi ritrovai su una spiaggia desolata, le onde del mare mi bagnavano le gambe e io, come ciottolo, ero in balìa di qualcosa che non era possibile, cercando di ribellarmi con tutte le mie forze. Il sole tramontò e il vento mi portò lontane parole.

Scegliere non è mai abbastanza semplice. Scegliere significa rinunciare a qualcosa, lasciare andare, e avere la forza di farlo.

Mi premetti le mani sulle orecchie, le tempie mi dolevano, l'aroma del tè si era impastato nella mia bocca con la saliva rendendomi vischioso persino deglutire. Il dolore divenne più forte e mi resi finalmente conto di ciò che mi stava accadendo: una spada dall'elsa sottile e semplice mi attraversava da parte a parte, all'altezza dello stomaco e macchie, come rose rosse, si allargavano sul mio ventre, sulla tunica di lino grezzo che ora stavo indossando. I capelli agitati da un vento feroce mi pungevano le guance gelide, come spine. Ed erano rossi, come mai li avevo avuti nella mia vita. Non ero più Angela. Cos'ero?

Il terrore mi bloccò i muscoli, ero certa di morire, persi interesse per ogni cosa, perfino il pensiero di mio figlio mi sembrò insignificante. Niente mi tratteneva più lì, nella mia esistenza tutta strampalata, esattamente come ciò che vedevo, immateriale e assurdo. Le stelle ai miei piedi, il mare incombeva su me. Strazio, urlai con tutte le forze mentre un gruppo di uomini a cavallo mi veniva incontro, erano coperti da pesanti armature di metallo, come quelle che si vedono alle rievocazioni medievali e alla loro testa un uomo dai lunghi capelli scuri urlava un nome. Non era il mio, ma mi resi conto che quello era sempre stato il mio vero nome, anche se non ne avevo memoria. La spada sparì dalle mie carni. L'aroma del tè mi parve così lontano. Un'onda più alta delle altre mi trascinò via e intorno a me percepì per la prima volta un immenso benessere, ancestrale, come un ritorno nel grembo.

Intorno a me solo acqua.

Acqua e pace.

Il sapore del fango

I

Mia diletta figliola, mi auguro che questa missiva ti trovi d'animo sereno e allegro. I giorni qui nella tenuta estiva di tua zia trascorrono calmi senza troppi divertimenti e senza troppa noia. Tuo cugino ha allietato le nostre ultime serate raggiungendoci, una decina fa, con un gruppo di soldati del nord che hanno chiesto di unirsi alle schiere di tuo zio il Duca, stabilendosi in questa regione, così sono stati preparati banchetti e ricevimenti, anche se molto austeri, per conoscere e intrattenere i nuovi ospiti che prenderanno dimora nelle basi del castello. Se non altro ho potuto godere di ottima cacciagione e di nutriti pasti con i sapori tipici di queste terre. L'inverno però quest'anno sembra giungere prima del previsto, il fiume che confina questa regione presto avrà la sua piena e, per scappare dal freddo che si fa sentire, tua zia ha pensato di farci spostare nella residenza invernale, accanto alla parte più bassa del fiume, in anticipo rispetto agli anni passati. Per questo motivo partiremo non appena avrò concluso questa mia lettera per te, con la quale ti pregherei di riferire al tuo amato padre che il soggiorno da mia sorella si sposta nella residenza sua invernale e che farò rientro a casa nelle prossime due decine al massimo. Invierò una missiva a lui indirizzata appena mi sarò sistemata nella nuova abitazione. Segui tutte le lezioni della tua istitutrice, mio dolce fiore, e prepara il tuo animo a un evento che ti riguarda. Quando farò rientro tuo padre e io ci adopereremo per presentarti un giovane uomo di nobile famiglia che sia degno della nostra casata e delle tue virtù.

In attesa di abbracciarti,
Tua madre Solie Glirar

Lidya arrotolò la pergamena che portava il sigillo della duchessa di Kajon[1] e la gettò nel fuoco attendendo che divenisse cenere, immobile davanti alle fiamme del camino.

"Mia cara madre, sai sempre darmi le notizie giuste, che Laslonai ti abbia in grazia," disse compiacendosi mentre si avvicinava alla vetrata della sua stanza che dava sul cortile principale del castello.

Nell'ampia corte di pietra lastricata c'era la vita rumorosa di ogni giorno. Scudieri strigliavano cavalli e li conducevano nelle stalle. Signorotti del luogo, accompagnati dai servitori, camminavano tronfi e grassi in direzione degli alloggi pubblici di suo padre, in attesa di esser ricevuti per chissà quale noiosa richiesta o lamentela. Mercanti di ogni terra esponevano le loro merci colorate, le spezie dagli odori pungenti, le sete damascate delle tinte del cielo e delle foglie, o rosse come il buon vino che i vigneti di suo padre producevano. Vi erano bambini intenti a giocare con cani randagi e spelacchiati, o piccoli ladruncoli scaltri che inseguivano le nobili dame dalle borse sempre piene. Lidya amava osservare quella vita così povera ma stimolante e rammentava le tante volte che, vestita da contadina, si era confusa con le braccianti che proponevano i loro prodotti sulle bancarelle del mercato. Amava essere mutevole e sosteneva che tutto andava assaggiato, gustato, anche i sapori più amari. Solo così ci si può sentire liberi di scegliere o coscienti della propria prigionia.

Spinse lo sguardo oltre la piazzetta febbricitante e colma del vociare fino a scorgere le guardie del cancello, in lontananza. La sentinella della torre stava facendo un cenno e i cardini pesanti si mossero, le porte rinforzate si aprirono per lasciar passare il

---

[1] Kajon, capitale della regione dell'Onhae, governata dal Duca Aorys Glirar insieme alla consorte Solie Glirar, genitori di Lidya.

gruppo di soldati scelti della regione, i fidi uomini di suo padre. I cavalli poderosi galoppavano sollevando una nuvola di polvere giallastra, gli uomini dai volti arrossati da sole e vento avanzavano fieri con le loro lunghe spade ricurve al fianco e le divise di ottima fattura.

A guida del gruppo il loro capitano, Ashite delle terre del sud, il campione di suo padre, la prima lama, il meritevole custode della Katana con i simboli dell'Onhae.

Il mercato impassibile al passaggio dei soldati continuò il suo smanioso commercio, gli scudieri invece si affrettarono ad afferrare le briglie dei cavalli e ad allontanarli dal selciato, conducendoli nelle scuderie. La guarnigione principale della regione tornava dalla consueta ronda del mattino, una passeggiata rituale più che un vero e proprio compito militare, che permetteva ad Ashite di parlare coi suoi uomini all'aria fresca e frizzante delle prime ore di luce, facendo scaldare i cavalli e gli animi di quel manipolo di uomini che costituivano l'esempio, l'orgoglio e il cuore pulsante del braccio armato della regione dell'Onhae.

Lidya lo fissò, attraverso la vetrata appannata dal suo lieve respiro caldo e umido come l'aria della stanza. Osservò ogni suo movimento, rimanendo immobile nelle vesti di seta del colore dello zafferano che mettevano in risalto le lunghe e morbide onde di capelli rosso scuro. Un fermaglio di madreperla le fermava le ciocche più ribelli sulla nuca, scoprendo così il collo lungo, eburneo, impreziosito dai due pendenti turchesi che portava ai lobi, dono del padre per il suo quindicesimo anno d'età, appena una settimana prima. Un sorriso sottile le fece fremere le labbra morbide. Si voltò lasciando la stanza che divenne subito insignificante, privata di quella particolare aria pungente e inebriante che Lidya riusciva a portare in ogni ambiente in cui si recasse.

"Mia dolcissima rosa, sei splendente anche quest'oggi." La voce del Duca Glirar era calda e rassicurante, come sempre, e copriva di complimenti la figlia mentre lei avanzava nella stanza delle udienze. “Avresti potuto mandarmi a chiamare, figliola, sarei venuto nelle tue stanze a darti il buon giorno, invece di farti scendere fin qui.” Lidya sorrise amabilmente e si inchinò di fronte al padre che la baciò sulla fronte.

“Non importa, padre, avevo fretta di vedervi e di parlarvi,” disse guardandolo come una gatta in cerca di attenzioni.

“Vieni a sedere dunque, se sei corsa qui di buon mattino senza neppure un mantello sulle spalle deve essere davvero una cosa importante,” disse il Duca Aorys Glirar indicando alla figlia una poltroncina accanto al suo tavolo.

“Un messaggero ha recato una missiva di mia madre questa mattina.”

Gli occhi del Duca si allarmarono. “Sta bene? Non le è successo nulla di grave?”

“State tranquillo, padre mio, la vostra signora sta bene e ci informa che tornerà un po’ più tardi del previsto dalle terre dell’Ibidanse.[2] Il soggiorno da sua sorella le fa molto bene e l’aria lì è ancora calda, il tempo è bellissimo e sereno. Rimarrà nella residenza estiva della zia ancora per una luna, o al massimo due, prima che il fiume in piena possa impedirle di tornare nella nostra regione.”

Il Duca si accigliò pensieroso. “Giungerà appena qualche giorno prima del ballo d’inverno. Mi par cosa strana che tua madre si attardi così, deve impartire ordini per organizzare il nostro consueto ricevimento. Se ha fatto questa scelta deve proprio sentirsi bene laggiù,” disse lisciandosi il mento. “Quest’anno il ballo d’inverno sarà speciale. Hai compiuto quindici anni, Lidya, e le donne della tua età hanno già preso marito, alcune hanno anche dei figli. Al ricevimento tua madre e io ti prometteremo in sposa al giovane nobile che insieme sceglieremo.

[2] Sornel, capitale della regione dell’Ibidanse, governata dal Duca Hessalon Agreawan insieme alla consorte Fedeyka Agreawan, sorella della duchessa Solie Glirar, madre di Lidya.

Abbiamo ricevuto proposte dalle famiglie più influenti del regno, a noi solo la scelta di valutare la migliore."

La giovane donna sorrise compiacente inclinando la testa di lato con sguardo adulatore. "Certo, padre, come desiderate. Sarò lieta di prendere marito, sperando che sia un proficuo accordo per il vostro ducato e impaziente di darvi dei nipoti belli e forti."

Lidya sapeva perfettamente ingraziarsi il cuore delle persone dicendo esattamente quello che loro avrebbero voluto sentirsi dire, ma ciò non significava che fosse quello che lei realmente pensasse.

"Sei la gioia che ogni padre vorrebbe avere, mia amata figliola. Le tue nozze saranno un evento che coinvolgerà ogni abitante di questa regione e voglio che tu abbia i veli più pregiati e i gioielli più rari per quel giorno. La tua dote poi ti permetterà di pretendere ogni servigio e capriccio dal marito che sceglieremo per te."

Il Duca sembrava ringiovanito di molti anni, il volto luminoso, emozionato, colmo d'affetto per quella sua unica, preziosa figlia.

"Vedrai, sarai felice e un giorno tutto questo sarà dei tuoi figli e tu sarai la Duchessa madre."

"Padre, quel che dite mi riempie di felicità e proprio perché si avvicina per me un momento così importante sento il bisogno di stare accanto a mia madre, di discorrere con lei. Lasciate che la raggiunga, padre, fatemi scortare alla residenza estiva di mia zia, così che possa far ritorno con mia madre ancora più raggiante dopo il bagno di sole di quelle colline," implorò Lidya accorata.

"Ecco cosa volevi chiedermi. Figliola, non so se è il caso che tu ti metta in viaggio proprio ora. Il tempo va mutando e io non voglio che tu possa rischiare una caduta nei terreni fangosi del confine o un brutto malanno. Il fiume potrebbe straripare anche quest'anno e io non ho avuto modo di destinare degli uomini per riparare il vecchio ponte ceduto. La campagna militare di quest'anno ha assorbito ogni mio pensiero. Non dovrebbe accadere, ma se i guadi vengono inondati dovrai poi attendere troppo tempo prima di tornare."

"Padre," lo incalzò lei, "tornerò con mia madre prima che inizino le piogge della stagione, non abbiate timore. E poi vi ho appena riferito che laggiù il tempo è ancora caldo, estivo. Ho così bisogno di lei, è troppo tempo che manca e quando ho letto che tornerà fra un paio di lune e non fra qualche decina di giorni come di consueto, mi sono sentita venir meno. Poi la mia istitutrice interromperà le lezioni in attesa del nuovo ciclo, mi annoierei molto qui da sola. Volete forse che il mio futuro marito mi veda pallida e appassita, sgradevole tanto da oscurare la lucentezza stessa della mia cospicua dote?" Così disse Lidya, mettendo il broncio e intristendosi in volto come era capace di fare a comando. Un'espressione che avrebbe fatto intenerire anche l'animo più insensibile, ma che sotto un attento sguardo non avrebbe potuto celare l'astuto calcolo che si percepiva nei suoi occhi verdi scuro.

"Va bene, figliola, come potrei dirti di no? Sai bene come colpire il cuore di questo tuo vecchio padre. E sia, ma sarai scortata dai miei uomini più fidati. I briganti potrebbero aggirarsi nelle terre di confine approfittando dell'imbrunire che va pian piano anticipandosi in questa stagione. Farò preparare scorte di cibo e le stoffe tipiche della nostra regione da recare in dono a tua zia la Duchessa, per ringraziarla dell'ospitalità che vorrà offrire alle mie due signore ancora per una o due lune."

Lidya si alzò impetuosa per abbracciare il padre, festante.

"Oh caro padre mio, mi rendete così felice! So che mi metterete nelle mani migliori e raggiungerò così mia madre senza alcun rischio. Fate avvertire subito Ashite, voglio partire domani stesso."

"Non sarà Ashite a scortarti, ma i suoi due valorosi ufficiali, i suoi migliori uomini," disse benevolo il Duca, accarezzando il volto roseo della figlia.

"Ma padre, avete detto che mi avreste assicurato la scorta migliore."

"Sai bene che Ashite convolerà a nozze fra pochi giorni e non ho intenzione di allontanarlo dalla sua promessa sposa così a ridosso dalla data ufficiale."

La giovane incrociò le braccia, capricciosa, andando a raggiungere l'ampia balconata che dava sul cortile principale. Il mercato ancora vivo faceva da cornice al gruppo di ufficiali dell'esercito riuniti intorno al loro capo, Ashite, intenti a bere del buon brodo caldo in tazze di coccio. Lidya lo fissò, rassicurata dalla certezza di non esser vista, dicendo: "Non vorrete far pensare che il Duca dell'Onhae non ami abbastanza la sua unica figlia, a breve sposa di un nobile, tanto da destinarle come sua scorta invece che la sua prima lama, dei quasi garzoni del suo campione?"

"Non parlare così, figliola. Otide ed Herauso sono abili e valorosi ufficiali, il meglio che si possa avere dopo Ashite."

"Dopo Ashite appunto!" irruppe voltandosi verso il padre con rancore e l'espressione ferita.

"Sai bene che le voci corrono nelle regioni e se vedranno Ashite qui e la vostra unica figlia in giro per i confini, scortata da soldati guidati da due semplici ufficiali, faranno presto a sostenere scempiaggini che potrebbero giungere alle orecchie del mio futuro sposo. Non voglio sembrare poco amata e rispettata dal mio stesso padre, altrimenti che possibilità avrò di pretendere degno rispetto da mio marito?"

Il Duca rifletté un istante alzandosi e facendo un cenno al suo servitore fidato.

"E va bene, bambina, dovrò far davvero un regalo speciale ad Ashite per le sue nozze se gli ordinerò di allontanarsi dalla sua promessa sposa in un momento come questo."

"Sì padre, dovrete. E poi la residenza estiva di mia zia dista solo un giorno di cammino a cavallo da qui. Ashite potrà far rientro in appena tre giorni, o anche due se non vorrà riposare."

"Manda a chiamare il capitano, che venga subito da me e comunica che per oggi ho finito di ricevere," ordinò pacatamente il Duca al suo servitore.

Lidya si sporse ancora per guardare oltre i vetri. Ashite rideva di qualche battuta di uno dei garzoni che stavano rifocillando i soldati. La barba ispida scura conferiva a quel volto, segnato da una vita sempre all'aperto, un'aria seria e solenne. Lei seguì i suoi lineamenti con lo sguardo, la fronte, gli occhi rigati ai lati da sottili rughe d'espressione, mentre, alzando un angolo della bocca, si illuminava in un sorriso enigmatico e soddisfatto.

II

Appena raggiunse il pianerottolo ombroso, in fondo alle scale, rallentò il passo per riprendere fiato dopo la corsa affrettata fin laggiù, nei sotterranei del castello. Si sistemò i capelli e bussò alla porta di legno massiccia. Non attese risposta, entrò e senza guardare nella stanza chinò il capo formalmente.

"Butta pure giù la porta a testate la prossima volta, Lidya, se può servirti per sfogare il tuo impetuoso animo. Credi che non ti abbia sentito correre a perdifiato? Credi che non ti abbia visto?"

La scura figura avvolta in un lungo mantello blu cobalto stava immobile, in fondo alla stanza spoglia, scavata nella pietra, illuminata solo da un globo iridescente di luce rarefatta che galleggiava al centro dell'ambiente, rendendo però impossibile scorgere gli oggetti presenti a prima vista. Lidya attese qualche istante per far abituare i suoi occhi alla penombra, poi avanzò verso la figura di cui si riuscivano solo a scorgere i due occhi verdi, vivi di fiamme.

"So benissimo che riesci a vedere anche oltre le pareti di pietra, ma che vuoi farci, è la forza dell'abitudine. Una nobile fanciulla che si rispetti sa presentarsi in una stanza sempre pacata e non ansimante."

"Una vera nobile fanciulla che si rispetti non saprebbe mentire e tramare come una serpe," l'apostrofò la figura, scostandosi dal suo angolo e avanzando verso la ragazza, fissandola. Si fermò sotto il globo di luce dispiegando l'ampio mantello e allargando le braccia. La luce investì il suo nero volto. Pelle d'ebano, soda, scolpita come il volto di una statua. Le labbra pronunciate, le guance scavate e quegli occhi verdi e trasparenti come sfere magiche, avrebbero fatto sobbalzare un visitatore impreparato, ma non Lidya. Le corse incontro accettando l'invito e rifugiandosi tra le braccia di quell'essere che sembrava uno splendido mescolio di razze, un incanto terrificante della natura. Le orecchie appuntite, nere, i capelli ispidi e corti di colore viola e un ciondolo, sul prorompete seno quasi scoperto, che poteva sembrare un occhio umano, estratto dal suo bulbo, pulsante, rosso.

"Rannicchiati, velenosa serpe, tra le braccia della notte," disse Rafuli accarezzandole i capelli con mani affusolate, caratterizzate dalle lunghe unghie bianche.

Lidya la fissò, amorevole, sorridendole. "Ho bisogno del tuo aiuto ancora, Rafuli. Una sciocchezza per te che sai dominare gli elementi. Non ti chiederò questa volta di mutare il mio aspetto o trasformarmi in una belva feroce. E non è un capriccio, come stai per dire. È importante e devi farlo, devi farlo per me."

"Non lo farò, Lidya. Non attenterò alla vita di quel giovane e non intendo ascoltarti, leggo già i tuoi pensieri."

"Credi di sapere sempre tutto, tu? Sei una strega ma a volte sbagli. Non voglio la morte di Ashite, voglio la piena del fiume, domani notte."

Rafuli la scostò da sé e tornò nel suo angolo, accanto a un basso tavolo coperto disordinatamente da complicati pestelli, fialette e ampolle e su cui dormiva un piccolo rettile coperto di scaglie gialle.

"Sei sciocca se credi di attirarlo così nella tua tela. Ashite è un uomo acuto, puro e innamorato della sua promessa sposa."

"Non ho alcuna intenzione di attirarlo a me, se lo volessi davvero non avrei bisogno dei tuoi trucchetti. Posso sedurre qualsiasi uomo, giovane o vecchio che sia. Non mi mancano le grazie," disse la ragazza con tono tagliente come lame.

Una scrosciante risata la investì. "Sei sciocca e presuntuosa, Lidya. Lui non ti degnerebbe di un solo sguardo neppure se tu lo provocassi, e conosce il tuo nome solo perché sei la figlia dell'uomo che serve fedelmente da sempre."

"Tieni le tue considerazioni per te, Rafuli, e fa' semplicemente quel che ti chiederò. Ashite ha qualcosa che io non ho. Ha il dono di maneggiare le armi come nessun altro nella regione. Il suo coraggio e la sua follia in battaglia lo rendono straordinario. Io voglio che lui trasmetta la sua abilità a me, null'altro. Che si tenga pure la sua amata, non so che farmene di un uomo che sa solo pensare alla guerra e alla disciplina."

"Credi che basti qualche lezione di affondo e di equilibrio per diventare un abile combattete? Ashite ha una forza che tu non avrai mai e non parlo di quella del corpo. No, non farò ciò che mi chiedi. È un capriccio inutile che potrebbe solo danneggiare te e lui," concluse secca Rafuli accarezzando il suo rettile che la guardò assonnato per poi tornare a dormire profondamente.

Lidya le si avvicinò, prese un'ampolla piena di fumo bianco fluttuante e lo avvicinò al volto della maga. "Ah, non lo farai? E come credi che mio padre prenderà la notizia che la sua protetta maga, la consigliera accolta nel suo castello per proteggerla dai persecutori che la vedono come un demone, sta da anni conducendo invocazioni da necromante proprio qui, nelle segrete della sua casa?"

Rafuli si voltò di scatto togliendo l'ampolla dalle mani di Lidya e gettandola a terra, mandandola in frantumi. Il fumo divenne liquido sul pavimento di roccia, prese consistenza nella forma di un volto urlante che pian piano si dissolse lasciando un odore nauseabondo, di carne marcia.

"Tuo padre soffrirebbe molto di più se sapesse che ha cresciuto con amore una serpe, presuntuosa ed egoista. Ma tuo padre crederebbe ancora una volta a te, o ti perdonerebbe. Mentre a me toccherebbe la fuga e poi chissà, la morte. Non comprenderebbe che ciò che faccio so controllarlo e che spesso, nelle battaglie che lui ha vinto, non era solo, ma aiutato dalle forze tornate in vita dall'oscurità."

La maga fissò Lidya negli occhi così intensamente da indurla a indietreggiare di un passo. "Farò ciò che mi chiedi ma avrà un prezzo. Scatenerò forze che porteranno a compimento il tuo piano ma ti ruberanno qualcosa. La tua vita muterà e un giorno sarai tu schiava incosciente delle stesse forze che ora mi incolpi di evocare, impunemente."

"So benissimo che la mia vita cambierà, quando avrò raggiunto il mio scopo. Fa' ciò che ti ho chiesto e smettila di predicare maledizioni. Non ho timore, Rafuli, nemmeno dei tuoi dannati spiriti."

Lidya era fredda come una pietra, nel volto e nell'anima. Raggiunse la porta e se la chiuse alle spalle soffermandosi a fissare il fuoco di una torcia, ancora una volta sorridendo, soddisfatta.

III

Il viaggio procedeva spedito attraverso le verdeggianti pianure dell'Onhae, animate dalla brezza di fine estate. Un gruppo di soldati apriva la carovana di viaggiatori guidati da Ashite, ombroso, irrequieto come le nuvole che si vedevano in lontananza, a occidente, verso le terre di Aydian.

Lidya avvolta nel mantello da viaggio, di lana spessa, cavalcava affiancata da due soldati scelti, al seguito le sue due dame di compagnia viaggiavano su una lettiga spoglia.

Ashite fece fermare il gruppo e raggiunse Lidya in groppa al suo cavallo.

"Lady Lidya, il tempo sembra mettersi male laggiù dove siamo diretti. Insolito per questa stagione. Vostro padre mi aveva assicurato che ci saremmo lasciati il cattivo tempo alle spalle, avendo ricevuto da vostra madre notizie di splendente clima nella regione dell'Aydian, eppure così non sembra. Dirò ai miei uomini di affrettare il passo se vogliamo attraversare il guado prima del tramonto e giungere così da vostra madre non più tardi della sera. Spero che vogliate riprendere posto nella vostra lettiga, non è bene cavalcare quando si va incontro a tuoni e lampi, il cavallo potrebbe spaventarsi e disarcionarvi."

Lei lo fissava quasi divertita e con arroganza gli rispose: "Pensate ai vostri uomini, Ashite, e al vostro cavallo, al mio ci penso io. Sono un'abile cavallerizza e non starò su una lettiga come una vecchia acciaccata dall'età. Acceleriamo il passo, sono impaziente di riabbracciare mia madre".

Strattonò le briglie del suo cavallo e superò Ashite senza

dargli modo di ribattere.

Il capitano fece un lungo e controllato respiro ritornando in cima al gruppo, diede le istruzioni e riprese la marcia verso le nubi sempre più scure che nascondevano quasi del tutto il pallido sole. Quando raggiunsero il guado la luce stava scomparendo dietro le creste frastagliate delle colline ombrose.

La traversata fu lenta ma senza intoppi. Il gruppo lasciò riposare i cavalli sulle sponde del fiume per qualche tempo. Ashite ne approfittò per perlustrare con un uomo la macchia di bosco poco distante, mentre Lidya si faceva lisciare i lunghi capelli dalle sue dame. Quando il capitano tornò ordinò che venisse ripreso il cammino, da lì a poche ore sarebbero giunti a destinazione. Leggere gocce di pioggia iniziarono a inumidire l'aria e anche i pensieri di Ashite, lontani.

Un forte acquazzone rallentò il passo del gruppo, Lidya si coprì il capo col cappuccio del suo mantello, avanzando eretta sulla sua cavalcatura, noncurante del fango della brughiera che appesantiva gli zoccoli del cavallo. I soldati non la perdevano un solo istante di vista, in perfetto silenzio, cavalcando allineati sotto la guida severa di Ashite che non mancava di alzare spesso gli occhi al cielo, scrutandolo e bagnandosi quel volto fatto di pelle scura e spessa ma dai lineamenti placidi e controllati.

Quando giunsero alla residenza estiva del Duca dell'Aydian gli abiti e le uniformi dei soldati erano pesanti di pioggia. I cancelli vennero subito aperti e quando il gruppo li varcò trovò riparo sotto i portici e il veloce aiuto degli scudieri e dei servitori solerti. Una donna imponente e dall'aspetto autoritario gli venne incontro inciampando sul selciato umido.

"Lady Lidya, venite dentro, presto, o vi prenderete un qualche malanno. Cosa vi porta qui? Vostra zia la Duchessa e vostra madre sono partite due giorni fa. Il tempo sta peggiorando e questa casa non è rifornita di cibo e servitori per degli ospiti graditi ma inattesi come voi."

La custode della residenza ansimava correndo sotto la

pioggia in preda a una qualche ansia che la faceva apparire ora goffa e inadatta.

"Non vi ha avvertito? Eppure prima di partire ha mandato un messaggero con una missiva per dirvi del suo spostamento. Che sia stato assalito dai briganti durante il viaggio?"

Lidya si scoprì il capo lentamente calando sulle spalle il cappuccio. I capelli zuppi di pioggia le lasciavano scoperto il volto pallido, infreddolito, le labbra bianche e rigide in un'espressione ingenua. "Non ho ricevuto alcuna notizia, povero messaggero, che Laslonai lo protegga. Sempre che non si sia fermato a bisbocciare in qualche bettola invece di compiere il suo dovere."

Ashite, che le stava dietro, la guardò rigidamente corrugando la fronte. Ricordava perfettamente di aver lasciato lui stesso passare, il giorno prima, il messaggero che recava una missiva della Duchessa Solie indirizzata alla figlia, ma tacque. La donna pigolava ordini a destra e a manca ai servitori, mentre faceva strada al gruppo di forestieri verso l'androne che conduceva all'ampio salone padronale.

"Farò subito accendere il camino nella sala, sperando che si scaldi presto la stanza. Avevo già fatto pulire e chiudere le zone signorili della Duchessa, solo le stanze della servitù sono riscaldate. Oh, devo anche far sistemare le stanze per la notte. Lady Lidya, non sapete come mi rincresce accogliervi così, se solo avessi saputo!" disse la donna sudando nonostante la temperatura che si andava abbassando.

"Non vi date tormento, dama Gravia, comprendo la situazione. Ci basterà un piatto caldo e abiti asciutti, siamo talmente stanchi. Mio padre manda in dono rifornimenti e stoffe dalla nostra regione. Non temete, avremo cibo a sufficienza," disse Lidya avanzando a passo sicuro dietro Gravia, che ora sembrava rasserenarsi per le parole della giovane.

IV

Il grosso ceppo si era oramai del tutto consumato nel grande camino che occupava buona parte della parete occidentale della sala.

Ashite e i suoi uomini scelti sorseggiavano gli ultimi boccali di vino aromatico caldo dopo l'abbondante e soddisfacente pasto. Lidya dava disposizioni alle sue dame per farsi preparare gli abiti per la notte e il bagno caldo. Dalla sala si poteva udire l'allegra risata del manipolo di soldati di scorta, che stava consumando il pasto nelle stanze attigue a quelle della servitù. Rifocillati, quegli uomini sempre seri e composti, sembravano ora esseri comuni e le gote rosse per il vino inebriante li trasformavano quasi in insignificanti umani, tutti uguali. Lidya molte volte li aveva osservati, spiati, voleva vedere come fossero i soldati semplici tra i quali poi Ashite sceglieva i più valorosi per addestrarli personalmente. Non si capacitava del perché apparissero così banali e poi, una volta scelti e guidati da Ashite, così straordinari. Una trasformazione inspiegabile che Lidya attribuiva, a malincuore, all'influenza di Ashite, capace di tirare sempre fuori il meglio di ogni uomo, di ogni soldato.

"Lady Lidya, i miei soldati e io andiamo a controllare i cavalli e poi ci ritireremo nelle camere a noi destinate. Vi auguro una buona notte. Se vi occorresse qualcosa mandatemi pure a chiamare," disse Ashite in tono formale, alzandosi dalla tavola e accennando appena un inchino in direzione di Lidya.

Gli uomini imitarono il suo gesto e si diressero ordinatamente fuori dalla sala.

"Domattina partiremo di buonora. Dite alle vostre dame di preparare il bagaglio per tempo. Il percorso fino alla residenza invernale di vostra zia la Duchessa è molto distante e non vi è tempo da perdere," concluse Ashite, voltandosi per raggiungere la porta.

Lidya, seduta comodamente su una sedia dallo schienale alto e imbottito, lo ascoltò senza alcuna espressione sul volto. Quando ebbe finito, prima che potesse scomparire oltre la porta si alzò e, mentre versava nel boccale lasciato da Ashite sul tavolo del vino caldo aromatico, disse con tono indifferente: "Non vi ho chiesto di scortarmi alla residenza invernale di mia zia, quindi riposate pure domani".

Ashite si fermò sull'uscio e nel voltarsi fissò i suoi occhi sul boccale in mano a Lidya, teso. "Non ho bisogno delle vostre istruzioni. Vostro padre mi ha affidato il compito di scortarvi fino a vostra madre e, non essendo lei qui ma altrove, domani riprenderemo il viaggio per la nuova destinazione."

"Non vorrete farmi viaggiare con un simile tempo, capitano. Mio padre non vi perdonerebbe se dovessi prendermi un malanno o cadere da cavallo," disse lei con sguardo improvvisamente tagliente, appena un momento prima di bagnarsi le labbra col vino caldo.

"Il temporale che ci ha colti oggi era il tipico acquazzone di fine estate. Il cielo si rischiarerà durante la notte e domani avremo modo di viaggiare sotto un cielo se non altro meno pericoloso. Procederemo a passo lento nella brughiera e voi potrete riposare al sicuro nella lettiga," ribatté prontamente il capitano fermandosi a pochi passi dalla porta, eretto e impassibile, nonostante l'evidente stanchezza nello sguardo.

Lidya bevve il vino tutto d'un fiato e poggiò il boccale rumorosamente sulla tavola. Attese un istante e alzando un sopracciglio con espressione beffarda disse: "Certamente capitano, come darvi torto. Un uomo della vostra esperienza saprà anche interpretare il tempo al meglio. Domani il sole riscalderà i nostri abiti e riprenderemo il cammino. Domani…"

Le parole furono interrotte da un boato cupo, forte tanto da far vibrare le caraffe sul tavolo. Una luce intensa entrò brevemente e violenta dalle finestre coperte da drappi spessi di velluto, e subito dopo uno scrosciante temporale si fece sentire, rendendo rumorosa anche quella stanza fino ad allora fatta di un silenzio interrotto solo dallo scintillio del ceppo nel camino. Il capitano irrigidì i tratti del volto.

"Domani," riprese Lidya, "vedremo," secca, avviandosi verso la porta, superando Ashite senza nemmeno guardarlo.

Lui prontamente si voltò e afferrò un suo braccio, con decisione. "Lady Lidya, ditemi perché avete mentito a dama Gravia. Sono stato io stesso a far passare il messaggero di vostra madre con una missiva che recava il suo sigillo. Perché avete sostenuto di non aver ricevuto nulla?"

Lidya, impassibile, lo fissò con occhi che andavano spegnendosi, un po' per la stanchezza un po' per il vino. "Mio padre non vi garantisce una cospicua rendita per impicciarvi degli affari di sua figlia. Non debbo a voi spiegazioni. A voi il compito di proteggermi e di eseguire i miei ordini, ora che mio padre non è qui," disse allontanandosi non appena Ashite le lasciò il braccio.

Lui ne seguì i passi con lo sguardo, serrando la mascella. Non ribatté e fu sollevato quando la vide sparire oltre la porta.

V

L'aquila emetteva il suo verso acuto planando piano verso terra, il piumaggio nero andava sgonfiandosi sotto le gocce di pioggia che cadevano dal cielo. Affondò gli artigli nel legno della balaustra di un carro, richiudendo le ali e beccandosi le piume bianche del collo con scatti nervosi.

"Non piace neppure a te questo temporale che continua ininterrottamente da quattro giorni, vero?" Ashite osservò l'aquila poco distante da lui. Stringeva l'elsa della sua scimitarra con entrambe le mani inguantate, un gomito puntato sulla gamba piegata, lo stivale lucido su un basso muretto di pietra. Osservava in lontananza il cielo buio, nonostante fosse mezzogiorno, accanto al carro, sotto il portico umido e gocciolante.

"Se solo potessi insegnarti ad andare dalla mia promessa sposa invece di seguire sempre me, le potrei far sapere che sto bene e che farò di tutto per tornare il prima possibile da lei."

Ashite alzò un braccio e l'aquila con un balzo lo raggiunse aggrappandosi alla stoffa della sua divisa.

Il cielo si stava oscurando ancora di più e un vento freddo, malsano, soffiava rumoroso tra gli alberi del frutteto poco distante.

"È così piacevole vedere il cielo oscurarsi e abbattere la sua potenza su questa terra. Amo il manifestarsi delle potenze che noi non possiamo controllare, mi fa bruciare il sangue nelle vene."

Lidya avanzava verso Ashite mentre commentava e si perdeva con lo sguardo nel cielo rabbioso. Lui si voltò e rimase per qualche istante interdetto, sorpreso, esaminando gli abiti che non era abituato a vederle addosso. Delle protezioni in cuoio bollito decorato le fasciavano le gambe, le braccia e aderivano all'addome lasciando appena intravedere spessi pantaloni in tela e una corta tunica bianca di cui era stata lasciata aperta la scollatura completata da lacci. Una spada lunga, dall'elsa ingioiellata, pendeva da un fodero in cuoio terminando appena sopra gli stivali rinforzati e alti fino alle ginocchia.

"Cosa ci fate conciata così, Lidya? State pensando di andare a caccia di animali acquatici?" chiese il capitano con tono beffardo.

Lei non lo ascoltò neppure e fermandosi accanto a lui continuò: "La pioggia arresta le traversate, ma non i pensieri. A cosa dobbiamo quell'espressione malinconica, capitano? Pensate alla vostra futura sposa?"

L'aquila si levò in volo appena Lidya raggiunse Ashite, con uno battito d'ali veloce che lasciò dietro sé piccole piume nere fluttuanti.

"Sapete bene che tra tre giorni convolerò a nozze con Anhaga e questo maledetto cielo non dà segni di resa. Il mio timore è che lei sia in pensiero per me. Abbiamo perlustrato la zona accanto ai guadi ma il fiume è in piena e rende impossibile qualsiasi attraversamento. Non siamo abbastanza numerosi e non abbiamo il materiale per costruire un nuovo ponte, non ci resta che attendere. E io non amo le attese," disse quasi parlando a se stesso. Ashite stava dando sfogo ai suoi pensieri ma non al suo rancore, al bisogno di dare la colpa a qualcuno per qualcosa che sembrava essere accaduta così, per caso o per volere degli dei.

"Anche mio padre sarà in pensiero non vedendovi tornare, ma noi da qui non possiamo far nulla se non attendere e trovare il modo di rendere questa attesa il più piacevole possibile," sussurrò Lidya con voce stranamente suadente, leggera e pungente come i suoi occhi che ora stavano scavando nello sguardo di Ashite.

"E cosa proponete, Lady Lidya? Volete organizzare un ballo nel portico umido? Una caccia nei boschi o una scampagnata al fiume?" le chiese deridendola e andandosi ad appoggiare con le spalle alla balaustra del carro, incrociando le braccia.

"No," disse guardando ancora il cielo, "potremmo semplicemente approfittare di questi giorni per mantenerci allenati e voi, Ashite, potreste darmi qualche lezione di combattimento con la spada."

"Non ne ho nessuna intenzione. Non sapreste maneggiare una spada degnamente neppure se vi impegnaste sul serio. La guerra e il combattimento non sono cose da prendere alla leggera, non è un abito nuovo di seta né un nuovo libro sulle antiche leggende da leggere," le rispose fissandola negli occhi duramente. "Chiedete a Gravia di farvi spolverare il telaio e tessetevi qualche nuova stoffa."

Lidya non diede ad Ashite neppure il tempo di concludere la frase che già gli era addosso, con le parole e con la sua prepotenza indomita. "Farete ciò che vi ho chiesto senza discutere. Ricordatevi che siete al mio servizio, siete un mio servo ora e non vi è concesso ribattere."

Ashite chiuse gli occhi respirando piano. "Siete una ragazzina sciocca e viziata. Non sono vostro padre che accontenta ogni vostro capriccio. Sono il suo campione e la mia missione è scortarvi, proteggervi, non insegnarvi a duellare."

"Potrebbe essere più piacevole di quanto voi immaginiate, Ashite. Saprò ascoltare ogni vostro insegnamento e vi prometto che non dirò una sola parola, ma eseguirò soltanto," rispose Lidya avvicinandosi all'uomo con passo sinuoso e l'espressione compiacente di chi sta falsamente adulando.

"Risparmiate le vostre parole da ruffiana per vostro padre e levatevi quegli abiti che non vi si addicono," rispose seccamente il capitano.

"Preferite che indossi le mie vesti di seta così che voi possiate sbirciare tra le loro pieghe alla ricerca delle mie grazie?" disse con sguardo malizioso Lidya, lasciando il passo al capitano che già si era scostato dal carro e si dirigeva verso le scuderie.

Ashite arrestò il suo passo e senza voltarsi le rispose: "Non dite scempiaggini, Lidya. Siete solo una bambina che crede di poter avere tutto e usare le persone per i propri scopi. Se fossi io vostro padre saprei come domarvi".

"E se invece fossi la vostra amante, come mi domereste, Ashite?" chiese portandosi, provocante, davanti al capitano. Lui dovette far ricorso a tutti quegli anni di Accademia in cui aveva imparato a separare ragione e istinto, a resistere a ogni furia, a forgiare il proprio corpo sulla forma rigida della sua mente, sempre controllata, per non colpire sul volto con violenza la giovane donna che ora lo fissava con aria sicura, prorompente, tentatrice.

"Siete patetica. Mi ronzate intorno da quando siamo qui, insistentemente. Ditemi cosa volete da me e siate sincera, almeno una volta," disse Ashite con voce calma, priva di ogni emozione.

"Voglio semplicemente quel che vi ho chiesto. Insegnatemi a maneggiar le armi, capitano. Trasferite in me la vostra conoscenza, la vostra arte. Ciò che rende straordinari gli uomini che scegliete e addestrate deve essere anche mio. Bramo di divenire un'abile combattente e solo voi potete insegnarmi a esserlo."

"E poi cosa vorreste fare? Verrete in battaglia con me? Ammesso che siate in grado di apprendere anche solo le basi del combattimento. E poi credete che qualche giorno di addestramento possa bastare?"

"Non osate rivolgervi così a me, ho tollerato anche troppo. Sarà affare mio cosa fare dopo e troverò anche il modo di continuare l'addestramento quando torneremo a Kajon. Dobbiamo iniziare qui però, lontano dagli occhi di mio padre, lui non lo perme..." Lidya si interruppe accorgendosi che Ashite si era già avviato verso le stalle. Lo raggiunse correndo, lo fermò e aggiunse: "Fermatevi, vi ordino di ascoltarmi".

Lui beffardo la scansò, guardandola di taglio per un solo attimo e proseguendo la sua marcia cadenzata disse: "Partirò domani stesso, pioggia o non pioggia, a costo di attraversare il fiume in piena a nuoto. Usate le vostre armi su qualcuno dei soldati, chissà che non trovino divertente la cosa," e ridacchiando sparì oltre il sentiero.

VI

"Alzatevi immediatamente e indossate questa cotta di maglia."

Lidya sussultò nel letto quando le coperte che la tenevano calda le vennero sottratte all'improvviso. Un enorme fastidio le impediva di aprire gli occhi e di comprendere, una luce forte la strappava al sonno facendola subito innervosire quando si rese conto che era la torcia che il capitano puntava su lei. L'uomo le aveva scagliato addosso una cotta di maglia e degli abiti che sembravano cenci sporchi e vecchi, strattonandola poi per un braccio, duramente, costringendo il suo corpo, intorpidito e caldo di sonno, a scattare.

Le dame da compagnia di Lidya, che dormivano nei letti in fondo alla stanza, si alzarono di corsa mugugnando con voce impastata e tono scandalizzato: "Capitano, cosa fate? Siete impazzito?"

"Tornate a dormire, voi, e ricordatevi di preparare un bagno caldo verso mezzogiorno per la vostra signora, ne avrà davvero bisogno."

Lidya intanto era scivolata giù dal letto e fissava gli abiti che Ashite le aveva portato. "Piombate qui nella mia stanza in piena notte, mi buttate giù dal letto e pretendete anche che io indossi degli stracci? Capitano, spero che abbiate una buona spiegazione."

"Non volevate allenarvi alle armi, Lady Lidya? Credete che si possa fare con gonne di veli e scarpine da ballo? Infilatevi quella tunica di lana, vi terrà calda e poi la cotta di maglia, vi proteggerà e vi farà stancare prima col suo peso. E non è notte...

il sole sorgerà fra poco," rispose Ashite fissando divertito la giovane donna coi capelli arruffati e gli occhi languidi di sonno. Per un istante pensò che così conciata sembrava aver perso la sua consueta odiosa arroganza, dimostrando ancora meno dei suoi anni. Lei sembrò percepire i suoi pensieri e si girò di spalle.

"E sia. Alla fine avete compreso che poteva essere utile e divertente. Datemi il tempo di infilarmi gli abiti e sarò da voi."

La voce di Lidya era disciplinata ed entusiasta. Si stava già sfilando l'ampia camicia da notte bianca quando Ashite le disse, oltrepassando l'uscio: "Non ho affatto compreso, ho solo deciso di sedare un po' il vostro animo visto che dovremo stare ancora qui per diverso tempo se nessuno verrà a prenderci. Forse con le membra distrutte mi farete la cortesia di dormire per qualche giorno e io sarò libero di riposare".

Lidya scese le scale di corsa, indossava gli abiti e la cotta che le aveva portato Ashite, non ne era entusiasta ma almeno era felice di indossare i suoi morbidi stivali e i guanti dalle nocche rinforzate. La lunga spada ingioiellata, dono di uno dei fabbri al padre, che lei aveva sottratto senza chiedere permesso, le pendeva dal fodero. Quando raggiunse il cortile Ashite era lì in piedi accanto a una rastrelliera, si voltò e le lanciò una spada in ferro, vecchia e con la lama tutt'altro che affilata. Lidya afferrò prontamente l'arma suscitando un vago sorrisino d'ammirazione nel capitano.

"Ho la mia arma, non ho bisogno di questo ferro vecchio."

"Pensate di usare una spada di rappresentanza, con l'elsa pesante di pietre preziose, per tirare fendenti? La vostra inesperienza e ignoranza in fatti d'armi non tarda a farsi avanti," le rispose sfilandole dal fodero la spada per poi sistemarla nella rastrelliera coperta da un panno.

"Avanti Lidya, seguitemi, dovremo camminare un bel po'."

"Vorreste portarmi là fuori con questo tempo senza un cavallo? Il terreno sarà impraticabile, piove ininterrottamente da giorni," disse incredula.

"Nessun cavallo, andremo a piedi. Piove troppo e non voglio costringere quelle povere bestie ad assecondare la vostra follia e la mia, loro non c'entrano nulla. Il terreno è ciò che è, credete forse che le battaglie si compiano su pavimenti lastricati di marmo e granito come le vostre sale di palazzo? O che si scelgano solo i giorni di primavera freschi e piacevoli per combatterle?"

"Siete odioso."

"Voi non siete da meno," ribatté il capitano avviandosi sotto la pioggia, sul sentiero fangoso che conduceva al cancello principale.

Lidya lo seguiva strizzando gli occhi, infastidita dalla pioggia scrosciante, allontanandosi le ciocche di capelli bagnati dalla fronte, stizzita.

Camminarono così per diverso tempo, l'unico rumore che si udiva era il suono delle gocce d'acqua sul terreno, sulle foglie degli alti platani o quello di qualche ramo che cercava di resistere alle folate di vento improvvise. Nessuna parola, tanti pensieri diversi tra loro e lontani.

Il sole sembrava sorgere, anche se era impossibile scorgerlo tra le nubi nere a tratti illuminate da saette, eppure una luce gialla e ovattata scaldava quel panorama collinare che solo fino a pochi giorni prima era stato culla di lussureggiante natura.

L'uomo si fermò nei pressi di un ruscello che ora appariva quasi un fiume, di acque grigie e dense di terra. Alcuni piccoli arbusti erano stati strappati dal terreno dalla forza incontrollabile, ai più, delle acque e giacevano spogli tra sassi e fanghiglia con le loro piccole radici bianche, come dita di manine che cercano ancora un ultimo appiglio.

"Osservate il terreno, Lidya, esso è molle e cedevole. Potreste modellarlo con le mani o scavare buche e, se la pioggia cessasse e non vi disturbasse, fareste meno fatica ora che è zuppo. Ecco, provate ad affondare la vostra spada nel terreno, lo troverete meno resistente, e la vostra lama non avrebbe problemi a farsi strada in profondità."

Il capitano sfoderò la sua spada ricurva e con un colpo deciso ne affondò la lama nel terreno invitando Lidya a far lo stesso, solo con uno sguardo.

Lei eseguì con movimenti un po' impacciati dicendo: "Se incontra un sasso però la lama potrebbe vibrare e non affondare".

"E come credete che invece reagisca una lama quando incontra le ossa nella carne che sta lacerando? Non illudetevi che questo terreno così bagnato sia l'esatta riproduzione di un corpo morbido di sangue ancora caldo. Quando si affronta un combattente i suoi muscoli divengono roccia, ogni parte del corpo diventa la protezione del proprio animo e si corazza ispessendosi così come le espressioni del volto o lo sguardo. Non è un'esperienza piacevole, sapete, guardare in faccia l'uomo a cui stai togliendo la vita. Ti viene da chiederti, in un solo istante, se ha una famiglia ad attenderlo, se ha un sogno, se ha amato, se è amato, se sa per cosa sta combattendo e se ci crede."

Il capitano si stava lasciando trasportare da quell'acqua che oramai aveva bagnato ogni suo abito, la sua anima e il suo cuore nel qualche viveva silenziosamente un punto di colore dedicato alla donna che stava per sposare. Che l'indomani avrebbe dovuto sposare.

"Il mio maestro d'armi diceva che gli uomini avessero introdotto in battaglia gli elmi non per proteggere il volto dalle armi dell'avversario, ma per proteggere i combattenti dai loro stessi sentimenti, dal loro spirito. Per questo quando combatto io chiudo gli occhi della mia anima e faccio lavorare solo il mio corpo, i miei sensi e il mio istinto."

Lo ascoltava immobile, le dita ancora strette attorno all'elsa della spada conficcata per metà nel terreno. Non aveva pensieri in quel momento, ascoltava solo ogni singola parola di Ashite senza nessuna emozione. Nessuno aveva mai compreso i sentimenti di quella giovane ragazza che si affacciava arrogante e cinica alla vita, mai un dubbio, una debolezza, perlomeno mai manifestata. Ashite pensò che non avesse sentimenti, poi ricordò se stesso a quell'età, ricordò le volte in cui aveva pianto, ma nel silenzio di un bosco o nella fucina sporca dove era cresciuto. Pensò che lui non avrebbe mai permesso a se stesso di essere come lei, irrispettosa verso ogni cosa. No non aveva sentimenti e lui perlomeno voleva fargliene provare uno. La rabbia della sconfitta.

"Ora, Lidya, estraete quella spada e cercate di colpirmi," le disse andando incontro a lei sotto la pioggia sempre più forte, tanto da costringerlo ad alzare la voce per farsi udire. "Io sono il vostro bersaglio, non sono steso a terra e non dovete finirmi, dovete colpirmi, intimorirmi, dilaniarmi. Avanti, avanzate e brandite quella spada con sicurezza."

Si scagliò contro lui con foga, come se non attendesse altro, digrignando i denti. Un affondo malfermo e lento sul quale aveva messo tutto il peso, Ashite si spostò semplicemente di un passo, lateralmente, e lei cadde a terra con le ginocchia, perdendo la presa sull'elsa della spada. Si rialzò senza dar il tempo neppure al capitano di guardarla, la mente di Lidya era sempre stata così, veloce e reattiva molto più del suo corpo, abituato alle comodità delle sue stanze, alle cortesie dei suoi servitori e delle sue dame. Eppure reagiva, sempre come e quando voleva lei. Ignorando la terra bagnata che le copriva in parte la pesante cotta di maglia, recuperò goffamente la spada e si voltò scagliandosi ancora contro Ashite, rabbiosa. Lui la fissava negli occhi indietreggiando a ogni fendente, con calma, sempre più indietro senza alzare neppure la scimitarra. Mentre lei avanzava, passo dopo passo brandendo quella spada pesante, lui la invitava con lo sguardo e con i gesti a colpirlo. Nessuna parola, nessun gemito, solo l'insistente rumore della pioggia, le folgori violente, i tuoni che rimbombavano tra alberi e pietre e il sudore, lento e silenzioso coperto dalla pioggia, celato, sulla fronte di Lidya, tra le ciocche cupe del colore del fuoco denso di fumo.

Camminava instabile su quel terreno melmoso trattenuto

dalle radici sporgenti degli alberi, dalle piccole rocce calcaree che si opponevano ai suoi passi, acquistando pian piano maggiore controllo sulle sue gambe lunghe e sottili, sulle caviglie esili come quelle di un capriolo, ma agili. A volte si aiutava con l'altra mano per reggere l'elsa di una spada troppo pesante per braccia abituate solo a reggere libri e fiori. Davanti ai suoi occhi solo un uomo, una sfida, l'ennesima, la rivalsa, l'orgoglio, la prepotenza, sentimenti che le bruciavano nell'anima infantile e a volte così matura da riuscire a leggere il mondo col cinismo di chi ha oramai veduto tutto e smesso di sognare. Brandiva quella spada sempre più pesante e sentiva i muscoli del braccio bruciare, dolore forte, smisurato nelle carni, fin su per le viscere, fino agli occhi feriti dalla pioggia gelida che stava divenendo grandine violenta.

Le ginocchia iniziarono presto a cederle, tremanti, ma lei avanzava verso quell'uomo che troppo calmo, troppo silenzioso la derideva con lo sguardo, con le sue movenze controllate, padrone di se stesso, sicuro, forte. Lei avrebbe voluto urlare, dire: "Basta!" e scagliare quella spada troppo pesante lontano. Correre verso il fuoco di un camino, verso i profumi dei suoi oli speziati, verso la seta delle sue lenzuola e dormire. Ma non doveva fermarsi, nessuno doveva vederla cedere, nessuno doveva guardare negli occhi il suo animo che sapeva essere dolce e appassionato, nessuno doveva scoprirla fragile e lei mai avrebbe chiesto un aiuto o si sarebbe fatta abbracciare perché l'odore delle sue rose, il profumo del suo giardino segreto era solo suo e di nessun altro.

"Avanti, Lidya, state perdendo spinta e non vi siete avvicinata una sola volta, dimostratemi chi siete!"

Le bruciava l'anima ora, insieme al braccio che non sentiva più talmente forte era la sofferenza. I suoi muscoli stavano cedendo o stavano rinascendo e lei lo guardava, sempre troppo calmo e le ricordò suo padre, il padre che l'amava ma che non la conosceva e che ne ascoltava solo i capricci, mai le idee, che la trattava come un fiore delicato ma di cui non voleva conoscere il vero profumo. E lei che avrebbe voluto mille volte gridare, piangere, chiedere a suo padre di ascoltarla, di ascoltare le sue paure, da bambina, quando sola nella sua stanza poteva solo rannicchiarsi tra le coperte e sperare che quelle voci e quegli occhi andassero via insieme alla paura. Non le importava dei doni che il padre le faceva, lei avrebbe voluto una carezza speciale, più lunga, meno fugace, meno adoratrice, ma più sincera. Vedeva in Ashite il volto della freddezza, dell'impassibilità e lo odiò con tutta se stessa. Se solo fosse stata più veloce, più forte, lo avrebbe ucciso, avrebbe sfigurato quel volto regolare, pulito, pacato, che le faceva ricordare quanto lei fosse invece inadeguata, imperfetta.

Iniziò a perdere la sensibilità delle dita e si chiese da quanto tempo stesse facendo affondi a vuoto, ma non le importava perché quel tempo si era spaccato e lei era entrata in una nuova dimensione ove stava rinascendo, ove finalmente sentiva il sangue scorrerle intrepido nelle vene, come quando chiese a Rafuli di farla diventare una tigre e affondò le zanne nelle carni calde di un cervo sentendo per la prima volta il sapore del sangue che lambisce la vita, il sapore amaro e dolce della morte, il sapore della vittoria, della supremazia, il superamento di ogni paura.

Bianco. Ogni cosa perse colore, ogni consistenza le sfuggiva dalle mani, dallo sguardo, stava cedendo. Cadde con le ginocchia a terra tagliandosi la pelle su una roccia appuntita, ma non lo sentiva. In un istante ogni cosa cedette e il suo petto incontrò la terra in un impatto veloce, il volto a seguire affondò nel fango, la spada scomparve così come ogni luce o ombra. Nero.

Ashite le si avvicinò chinandosi, la osservò a lungo senza dir nulla, cercando solo con lo sguardo una sua qualche reazione. Quando le vide muovere le mani e affondarle contratte nella terra per rialzarsi lui la bloccò, le premette con la mano al centro della schiena impedendole di sollevare il busto. Così riversa a terra Lidya si sentiva sprofondare ma non le importava più, ora desiderava perdere i sensi, avrebbe voluto non essere lì, essere ancora una tigre o non essere mai stata. Lui scivolò con la mano fino alla sua nuca, quando sentì che ogni sua minima resistenza stava scemando, premette con maggior forza costringendola ad affondare anima e viso nella terra.

"Assaporatelo, Lidya, sentitene l'odore e l'inebriante gusto. Riempitevene la bocca avidamente," le disse con voce calma ma impetuosa, come le acque di un ruscello cristallino che scorrono inarrestabili, ma placide. "Ingoiate quella terra bagnata, il fango, e riempitevene i polmoni perché quando cadrete così su un campo di battaglia quello sarà l'ultimo sapore che sentirete, l'ultimo ricordo prima di morire."

VII

Il rientro fu silenzioso, come l'andata. Ashite faceva strada, eretto e controllato contro ogni pioggia o grandine, Lidya lo seguiva a pochi passi di distanza, zoppicando per la ferita sul ginocchio. Lasciava che la pioggia le lavasse il volto sporco di terra e graffiato ma non avvertiva più nulla, alcun dolore o rancore, non pensava e si lasciava trasportare dalle gambe pesanti. Quando giunsero nell'atrio riparato lasciò cadere a terra la pesante spada di ferro e si lavò il ginocchio fasciandosi la ferita con uno straccio, sui pantaloni di tela lacerati.

"Andate ora, le vostre dame vi avranno preparato un bel bagno caldo e potrete ritemprarvi e poi dormire," le disse Ashite ripulendosi grossolanamente gli stivali dal fango.

"Non ne ho alcuna intenzione, capitano, a meno che voi non siate così stanco da desiderare il riposo," rispose guardandolo con fredda sfida, immobile vicino alla rastrelliera delle armi, ne afferrò una più leggera, una scimitarra decorata.

"Ora dovete insegnarmi a maneggiare un'arma degnamente, insegnatemene la tecnica, non per una mischia ma per un duello, insegnatemi a padroneggiare il metallo di una lama."

Lei lo guardava con occhi improvvisamente colmi di passione bruciante. Voleva comprendere, voleva superarsi, voleva diventare come lui, freddo, solitario, incomprensibile. Voleva disperatamente diventare come i suoi uomini che sembravano lottare per qualcosa in cui credevano, con tutti loro stessi. Lei desiderava credere, vivere per qualcosa.

Lui non le rispose e sfoderò la sua arma con precisione dal

fodero, le si avvicinò e a lei parve di scorgere per un istante qualcosa di straordinario nei suoi occhi. Giallo accecante, lunghe linee rosse nella pupilla, gli occhi di un drago.

Lidya cercò di ricordare ciò che aveva visto quando spiava gli allenamenti dei soldati, la posizione delle gambe e del busto quando c'era da stare all'erta, sulla difensiva. Piegò leggermente le gambe divaricate, un piede appena in avanti, i muscoli delle cosce le bruciavano, lei gli impose di smettere. Alzò la scimitarra davanti a sé, il volto teso, il braccio appena flesso e attese. Ashite roteò la sua arma tagliando l'aria, veloce, indefinibile eleganza di movenze sicure, precise, e la colpì sopra la guardia della spada. Estrasse il suo fido pugnale e, approfittando della sua distrazione, le tagliò il morbido cuoio dei guanti all'interno dell'avambraccio, segnando la pelle sottile. La scimitarra sfuggì di mano a Lidya e lei gemette osservando la macchia scura di sangue che si allargava sulla pelle del guanto, ma lui non le diede tempo di pensare e la colpì con una spallata facendola crollare a terra.

"Non siete mai stanca, Lady Lidya? Un combattente che conosce l'onore sa sempre quando è il momento di ritirarsi."

Il colpo le aveva fatto tremare le ossa, un terremoto che ora le impediva di vedere, la vista annebbiata tanto da ingannarla quando cercò con la mano l'elsa della spada. Toccò qualcosa, doveva rialzarsi, il rumore della pioggia era aumentato, rendendole impossibile udire quasi la voce del capitano. Era riversa ancora a terra e arrancava verso l'arma che credeva di toccare, batté gli occhi e lo vide, uno stivale lucido e rinforzato. Alzò lo sguardo, suo padre era immobile su lei, il piede sulla scimitarra, la delusione negli occhi, lo sguardo ferito e la feriva.

"Padre..." riuscì solo a balbettare, le faceva paura. Suo padre era sempre stato un uomo buono, comprensivo e lei aveva giocato su questo, ma quando lo aveva visto arrabbiarsi coi suoi uomini, alzare la voce infuriato lei ne aveva visto l'altro volto, lo stesso che ora la fissava senza dir nulla. Si rialzò da terra mentre una schiera di soldati circondava il Duca, il forte rumore della pioggia aveva impedito a lei e ad Ashite di sentire i cavalli giungere rumorosi dai grandi cancelli. Ora quella pioggia dopo giorni e giorni di inquietante presenza smise di essere, scomparve, all'improvviso.

"Vai a cambiarti, Lidya, mettiti abiti asciutti e comodi, ripartiamo immediatamente," la voce di suo padre era tagliente come la lama del pugnale di Ashite, il cui segno le bruciava ora improvviso sull'avambraccio. Subito risentì su sé ogni dolore, nei muscoli, il braccio che ardeva, le gambe incerte, le spalle pesanti, il volto salato di graffi e pioggia, le mani tremanti, sentì una stanchezza pervaderle ogni nervo, stringendola in una morsa insopportabile fino a dentro l'anima. Cercò di reagire come aveva sempre fatto.

"Desidero riposare prima di mettermi in viaggio e ho fame ora," disse con il suo solito tono aspro, ma più incerto dinnanzi a suo padre.

"Avrai tutto il tempo di riposare quando saremo tornati a Kajon, tua madre ti attende. Cosa credevi di fare, ragazzina? Di beffarti di me e del suo amore?"

"Padre mio, io non sapevo…"

"Taci! Abbi un po' di decenza, Lidya, so tutto. Tua madre è ritornata a casa appena ha visto il tempo cambiare, il giorno dopo la tua partenza, e mi ha detto della missiva che ti aveva fatto recapitare in cui diceva che sarebbe tornata da lì a massimo una decina di giorni. Mi ha detto ogni cosa e quando non ti ha trovato a casa e, avendo saputo dove ti eri recata, è impazzita di dolore. Non ha compreso perché, si è preoccupata troppo quando ha saputo che il fiume era in piena e non ha visto tornare neppure Ashite."

Il capitano che fino ad allora era rimasto immobile, in posizione marziale, mosse un passo verso il Duca. "Signore…"

"Non dite nulla, Ashite, non avete da spiegarmi o narrarmi nulla," gli rispose il Duca mutando per un po' espressione, più pacata, per qualche istante distesa. Si poteva leggere nei suoi occhi la stima che aveva per il suo campione, la piena fiducia, il totale affidamento che non ha bisogno di parole.

Il Duca tornò a rivolgersi a sua figlia: "Cosa volevi ottenere, Lidya? Far ammalare tua madre o fare un dispetto a me? Abbiamo ricevuto la visita di un nobile, uno tra quelli candidati a tuo futuro sposo. Ha percepito la situazione in cui ci trovavamo e subito malelingue e voci si sono diffuse nel ducato e oltre. La figlia del Duca in fuga con il suo capitano. Volevi riempirmi di vergogna, Lidya?" Il tono del padre era amaro, soffocato da una spina di dolore in gola che pulsava.

"Quando la situazione stava precipitando," continuò, "Rafuli mi ha raccontato tutto, mi ha detto dov'eri e mi ha fatto scorgere il tuo volto nel suo cerchio iridescente, così che tua madre e io ci tranquillizzassimo vedendoti viva. Poi ha smosso le acque che lei stessa aveva attirato su questa regione, stravolgendo l'equilibrio, dando modo ai miei uomini di risistemare il vecchio ponte provvisoriamente. Grazie a lei ho potuto raggiungerti."

"Signore," intervenne di nuovo Ashite pacato come sempre, ma turbato, "Lady Lidya e io attendevamo solo che il tempo migliorasse, non avevo abbastanza uomini qui né il materiale per ricostrui…"

Il Duca lo interruppe con un gesto secco del braccio dicendo: "Capitano, vi ho già detto che non mi dovete alcuna spiegazione, ho completa fiducia in voi e so che non sfiorereste mia figlia neppure con lo sguardo senza il mio consenso. Preparate i vostri uomini, si riparte, la vostra sposa vi attende. Dovrete ritardare le nozze di qualche giorno, la data fissata per domani è troppo a ridosso di questo viaggio. Avrete però il ricevimento migliore che io possa offrirvi, per farmi perdonare per avervi coinvolto nell'ennesimo capriccio di mia figlia. Il ricevimento degno del figlio di un duca, come sempre vi ho considerato".

Ashite pensò di aggiungere qualcosa ma non vi riuscì.

Riaffiorò dolcemente nella sua mente il volto di Anhaga, rapendo ogni suo pensiero, ogni sua volontà e si sentì stringere il petto pensando alla preoccupazione che doveva averle procurato.

Il Duca si era avvicinato intanto alla figlia e la fissava negli occhi con una decisione e una durezza che era difficile non vedere.

"In quanto a te, figliola, asseconderò come sempre il tuo capriccio. Questa volta però si farà a modo mio. Vuoi combattere? Vuoi imparare a maneggiar le armi? Ebbene, lo farai nel migliore dei modi, lo farai nell'accademia che io sceglierò per te. La disciplina, il sudore e lo sforzo forse ti faranno placare. Saresti una moglie incontentabile e fonte di disperazione anche per il più paziente degli uomini e dopo questo fatto non è il caso che io annunci le tue nozze con nessuno. Va' a cambiarti, torneremo a casa dove potrai riabbracciare la tua povera madre e farti tagliare i capelli. Entrerai nella scuola sotto mentite spoglie, non voglio che sia usata su di te nessuna gentilezza straordinaria né a causa del tuo cognome né a causa del tuo sesso. Ho già incaricato il nostro vecchio maestro d'armi di prendere ufficiosamente il posto di supervisore nell'accademia che ho pensato per te, lui così potrà seguire i tuoi studi, dirà che sei un suo figlio adottivo, un senza nome, un senza storia e potrà riferirmi tue notizie, veritiere. Quando uscirai da lì sarai abbastanza vecchia da non destare l'interesse di alcun uomo. Io forse perderò la figlia che potrebbe darmi un successore, ma forse riuscirò a salvarle l'anima e a evitare che si copra di ridicolo. Poi chissà, potresti sempre diventare una brava lama se userai le tue energie, la tua caparbietà per l'addestramento." Il Duca fissò in silenzio la figlia per qualche tempo mentre il suo volto tornava stanco, segnato, come quello di un vecchio alla fine dei suoi giorni, deluso.

Si rivolse al capitano con tono basso, ma con un lieve accenno di energia, una sorta di entusiasmo che sembrava ridargli spessore: "Perderò in un certo senso una figlia ma avrò con me il figlio che la natura non ha voluto darmi, col sangue, e sarò lieto, Ashite, di considerare i vostri figli alla stregua di miei legittimi nipoti. La mia signora e io siamo molto legati a voi come ad Anhaga".

Il Duca impartì ai suoi soldati delle istruzioni mentre il capitano rifletteva, immobile, turbato da tanti pensieri che gli impedirono di rispondere, di dire qualsiasi cosa.

In un solo istante rivide tutto, sentì di nuovo tutto. Ricordò la rabbia che provava quando da piccino qualcuno gli ripeteva che era figlio di nessuno, che sua madre lo aveva affidato a un fabbro non per fargli apprendere l'arte ma perché preferiva essere la donna di ogni uomo che essere sua madre. Lei compiaceva chiunque bussasse alla sua porta, col sole e con la luna, col freddo e col caldo. Lui ricordava il profumo intenso di sua madre, sempre troppo dolce, sempre troppo presente in quell'unica stanza dove aveva vissuto fino ai sei anni, dove un grande letto e un tavolo basso erano il solo arredo e poi i suoi abiti, colorati e ricchi di merletti di pessima qualità. Il suo profumo copriva ogni cosa, quell'odore nauseante gli faceva girare la testa e lo sentiva anche quando stava fuori a rincorrere gatti randagi per le stradine del villaggio. Sua madre che aveva accontentato tanti uomini, ma che aveva sempre tempo e un sorriso dolce per lui mentre lo stringeva forte al suo petto quando tuonava e lui aveva paura. Sua madre, stanca di calze di seta rotte, che desiderava per lui qualcosa di diverso. Lo aveva allontanato da sé per il suo bene diceva, e lui ora lo sapeva, capiva. Aveva imparato a forgiare le lame migliori, curve, dritte, corte, sempre affilate e uniche. Poi un giorno un uomo lo notò nel cortile della fucina mentre provava la sua ultima creazione tirando dei fendenti a un fagotto di stracci che usava per esercitarsi, per testare i suoi perfetti bilanciamenti tra elsa e lama. Così entrò nell'Accademia, diventando ogni giorno migliore. Le lame che conosceva, che sapeva come creare, ora diventavano parte di se stesso, del suo corpo.

Quando combatteva non c'era più il confine tra lui e la sua arma, a volte dimenticava di brandirla mentre metteva in pratica ciò che aveva appreso in quei lunghi anni di addestramento. Era diventato ben presto il fido consigliere del fabbro ufficiale dell'Accademia e a lui erano sempre riservate le armi migliori, fino al simbolo più ambito, la Katana con le rune di un ducato, quello dell'Onhae.

Ashite era tutto questo, odori del passato, sapori di lacrime e sudore, i lunghi silenzi del suo animo solitario, e la battaglia. I suoi occhi, quelli di un drago quando combatteva, erano la parte più pura di sé, quella che non voleva aver rimpianti, quella che sapeva guardare nell'animo di un uomo e dargli sicurezza, quella di chi ha avuto tanto perché gli hanno tolto tutto.

"Non oserete farlo davvero, padre," irruppe Lidya, strappando Ashite ai suoi ricordi.

"Non oserai contravvenire alla mia volontà, figliola. Ti bandirò da ogni regno se proverai a scappare e quando ti riprenderò ti farò chiudere nelle segrete di un tempio sacro a Laslonai o a Zega e che l'uno o l'altra decidano cosa farne di te." La voce del Duca era irata, nessuna replica era possibile a un tono e a uno sguardo così, neppure una replica di Lidya.

Il lento scemare della tempesta portò via con sé l'odore acre della pioggia, un'aria salmastra di vapori insani coprì di nebbia quelle terre divise da un fiume. Ogni cosa riprese il suo corso, lento.

VIII

Era già possibile scorgere le linee viola dei raggi infuocati su un orizzonte ancora blu. Le piccole stelle lasciavano il posto all'imponente cerchio di fuoco che stava reclamando il suo posto in un cielo di passaggio, quando la luna bacia il sole e si nasconde con un sorriso che ricorda una promessa, quella di tornare.

Lidya riusciva a scorgere il colore bianco delle fasce di lino stropicciate sul letto accanto a lei. La stanza era buia ancora, ma quelle fasce sembravano riuscire a imprigionare in sé la luce che stava per giungere. Le prese in mano e si alzò dal letto, amava osservare l'alba fin dal suo primo preannunciarsi. Guardò oltre la piccola finestra senza tende, ne aprì i vetri e si fece investire la pelle nuda dall'aria pungente e gelida del mattino, in lei era ancora forte il ricordo dei sussurri della notte precedente.

"Sei sempre stato il mio allievo preferito, o l'allieva dovrei dire, e mi sono sempre sentito sbagliato, in difetto, perché a volte mi ritrovavo a pensare a te dopo gli allenamenti. Non mi era mai capitato con nessuno dei ragazzi che addestro qui. Ora mi sento finalmente in pace con me stesso, non mi stavo innamorando di un uomo, ma di una donna. Lidya, voglio stare con te questa notte, permettimelo," le aveva detto il suo maestro dopo che lei gli aveva fatto la più pesante delle confessioni.

"Ora mi è tutto chiaro, ecco perché ti sottraevi sempre agli allenamenti senza armi in cui si indossa solo l'indispensabile, ecco perché non volevi mai allenarti senza divisa. Ora è tutto così chiaro..." Lui la guardava estasiato scostandole corte ciocche ribelli di capelli rosso scuro dal volto. Lei sorrideva appena, libera e consapevole della sua femminilità. Si sentiva rinascere. Le ombre scure che le coloravano le palpebre disegnavano intorno agli occhi confini delicati di passioni e di sapori.

"Fa' che sia sempre così, Lidya, non ho mai provato ciò che provo ora, sono nulla nelle tue mani, ogni mia difesa muore," sussurrava lui al suo orecchio stringendola forte, le fasce di lino che per tanti anni le avevano permesso di essere un uomo, che le avevano stretto il seno e il cuore, la fissavano sul letto. Lei gli accarezzava i lunghi capelli del colore dell'oro senza parlare. Non aveva parole per ciò che sentiva, si sentiva libera, si sentiva se stessa, nuova, forte, concreta. Qualcuno la stimava e la conosceva a fondo, troppo forse, e la guardava con gli occhi di chi vuole realmente farti star bene, sapere che non andrai via. Aveva dormito per la prima volta tra le braccia di un uomo, aveva ascoltato il suo respiro nel silenzio, si era smascherata, era tornata a essere Lidya.

Si fasciò ancora una volta il seno, forte, tanto da farle mancare il respiro, indossò la sua divisa, raccolse la sua scimitarra, quella con i due cobra con occhi di rubino che vivevano nell'oro dell'elsa, osservò a lungo il codolo pungente di spine in oro rosso. Era stato il regalo del suo maestro per il completamento del ciclo di addestramento superiore, un anno prima. Quell'arma era la sua compagna. Lidya, conosciuta come Varian, era spesso chiamata *Spinarossa* perché era capace di ferire chiunque con le sole parole, sottili, se voleva, ma la stimavano e lei era stata tanto felice in quel luogo fatto di rigore e ordine. Il suo corpo era mutato pian piano, rispondeva a ogni suo comando, agile, forte ma mai eccessivo. Ancora spiccavano le sue caviglie e i suoi polsi gracili, troppo per un uomo. Lei però non lo era, era Lidya e per una notte non lo era stata da sola, nel buio della sua stanza, ma lo era stata con qualcun altro. Scese di corsa le scale e attraversò il lungo colonnato che portava al cortile esterno dell'accademia.

La guardia del turno di notte le rivolse un cenno di saluto.

"Dove corri così di buon ora, Varian? Hai già voglia di allenamento? Potessi dormire io," le disse sorridendo.

"Ho fame, una dannata fame, e non ho più sonno. Buona giornata, Kares," rispose cordialmente. Era diventata pacata e controllata in quegli anni, solo a volte tornava a essere pungente. Amava quei luoghi che le avevano regalato tanta serenità, amava ogni suo compagno d'arme, ne apprezzava il coraggio, la fedeltà, l'onestà e condivideva con loro la passione per la perfezione del corpo, per le armi.

Scivolò silenziosa nelle cucine, prese ciò che cercava, delle focacce di pane, e aprì la porta di servizio che dava sugli orti. Nessuno, non c'era nessuno, ne era certa ma cercò di non far rumore lo stesso. Pochi passi o forse molti e avrebbe varcato i cancelli dell'Accademia.

"Lasciami passare, sono di ronda all'esterno questa mattina, vado a vedere che aria tira. Quando arrivano gli altri di servizio digli che li attendo fuori," disse velocemente alla guardia sulla torre. I cancelli si aprirono e lei li varcò, senza voltarsi indietro.

Un segreto così grande non poteva essere contenuto in nessuno scrigno, presto il suo maestro si sarebbe vantato della scoperta in qualche bettola tra un bicchiere e l'altro di sidro. Il piacere di stupire i compagni d'arme o i superiori stessi non sarebbe stato più forte di quello di proteggerla, di non dire nulla. Lei non si fidava, non credeva possibile nessun sentimento puro tra uomo e donna. Doveva andar via, aveva commesso forse uno sbaglio a confessare, ma che importava, il tempo degli allenamenti era finito. Doveva vivere davvero.

Qualcosa però bruciava in quell'animo mutato, mitigato, tra quelle spine d'oro rosso sull'elsa della scimitarra. Anni prima aveva perso in un solo giorno gli abbracci di sua madre, i sorrisi di suo padre, la musica dei ricevimenti, le carezze della sete preziose, il luccichio delle gemme. Le era stato strappato tutto per un suo stupido errore. Trascorsi così tanti anni sorrideva ricordando quel giorno, i lampi e la pioggia, il volto nel fango.

Non riusciva a sorridere pensando a lui però, a chi non aveva detto una sola parola per difenderla, per sedare l'animo di suo padre che tanto lo teneva in considerazione. Lui che le aveva rubato tutto e che prendeva il suo posto. Non le importavano i titoli, non le importavano le ricchezze, ma aveva appreso cos'era l'onore e doveva vendicare quella ragazzina impaurita che mordeva per nascondere le lacrime. La Lidya di tanti anni prima, che al solo ricordo le suscitava tenerezza. Varian non stava morendo, stava fondendosi con Lidya mentre camminava tra i boschi circostanti l'Accademia.

"Ashite, ti leverò ciò che tu hai levato a me, tutto. Ti sono troppo grata per ciò che mi hai fatto diventare e devo ricompensarti. Devi sentire il sapore del fango, l'ultimo ricordo."

Bende di lino bianco si agitavano come serpenti d'argento tra l'erba alta e umida di rugiada in quel boschetto, salutando l'alta figura che dieci anni prima aveva percorso quello stesso sentiero con gli occhi di chi ha tanta paura di rimanere solo.

IX

"So che non ne ho il diritto, ma credetemi, Ashite, non ve lo chiederei se non fosse così importante. State ancora piangendo la vostra adorata moglie e il figlio che portava in grembo. Sento il vostro dolore, figliolo, e lacera anche me. Non mi è rimasto nulla però e la mia signora si sta spengendo consumata nel dolore di aver perso sua figlia. Lidya ha lasciato l'Accademia, da troppo tempo non sanno nulla di Varian. Dovete trovarla, non mi rimane che lei e il mio animo ha bisogno di pace, di riparare alla mia eccessiva durezza, di placare la mia coscienza. Trovatela, solo voi potete riportarla da me." Il Duca vecchio e consumato dal pianto rivolgeva al suo capitano la supplica di un uomo disperato, dilaniato dai sensi di colpa. Ashite lo guardava come aveva sempre fatto, col rispetto di chi serve e obbedisce, con l'amore di un figlio che non ha mai avuto un padre se non questo.

"Non ho più nulla, Duca, Anhaga era la mia sola luce e non mi ha lasciato nessun figlio. Nulla ha più colore per me ora, non mi importa di nulla. Ho giurato di servirvi fino alla morte e continuerò a farlo, non temete, cercherò vostra figlia e ve la riporterò, sarà la mia ultima battaglia però. Al mio rientro voglio tornare nel mio villaggio, lasciare le armi e riposare sulle colline del sud, lì dove ho seppellito mia moglie e mio figlio," rispose il capitano. Non aveva più luce, un freddo buio senza alcuna ombra tinteggiava i suoi occhi fissi a tratti nel vuoto. Segni del tempo rigavano di più il suo volto, segni attorno alle labbra ora strette, i segni dei sorrisi per chi amava, i segni di chi aveva addestrato tanti uomini fedeli e valorosi. I segni di chi si sentiva di nuovo solo.

"Non posso rifiutarvi nulla e lo sapete, accetterò di buon grado la vostra decisione, anche se mi permetto di ritenere che siete troppo giovane per lasciarvi morire così, la battaglia è sempre stata la vostra vita."

"No, Duca, la mia vita è andata via insieme ad Anhaga," rispose secco il capitano, senza aggiungere altro.

"È tempo che anche io ripari a un mio sciocco errore, forse quel giorno se vi avessi parlato avreste perdonato Lidya, siamo stati troppo duri con lei, entrambi, e lei era poco più che una bambina. L'abbiamo privata di un futuro normale, come quello di ogni ragazza di nobile stirpe, una punizione eccessiva, permettetemi, per uno sciocco capriccio infantile."

"È vero," disse il Duca abbassando lo sguardo stanco, "anche se sono sempre stato fiero di lei in questi dieci anni, ogni notizia che il vecchio maestro di corte riportava su lei era colma di apprezzamenti. Varian è reputato una delle migliori lame dell'Accademia, il suo carisma e la sua tenacia sono stimolo per i suoi compagni d'arme. Forse doveva andare così, forse Rafuli la maga aveva ragione quando diceva che Lidya avrebbe trovato la sua strada nella sua nuova vita. Chi può saperlo ora, chi può narrarci del futuro, ora che anche Rafuli ha lasciato queste terre per riposare nel grembo della morte."

Il Duca sembrava aggrapparsi con speranza a ogni parola, a ogni pensiero per chetare quel turbinio di emozioni e di rimpianti che gli stringeva il cuore affaticato.

"La troverò, Duca, e quando sarà di nuovo a casa sarò ben lieto di conferire a lei i miei gradi se è così brava come dicono. Voi ne sareste fiero, lo so. Nessuno vi ha dato dei nipoti da legittimare ma avrete con voi la vostra unica figlia, il vostro più grande affetto. Molte cose possono ancora esser fatte."

Ashite mise una mano sulla spalla del Duca, cercava di parlargli con lo sguardo, perché le parole erano troppo pensanti, troppo inadatte per dire ciò che sentiva. Dolore, perdita, rancore, rimorso, vortici di sensazioni che gli laceravano corpo e mente. Sì, sarebbe partito, forse viaggiare e cercare gli avrebbero fatto dimenticare il profumo dei sorrisi del mattino, la parte migliore di sé che moriva.

Fece sellare il suo cavallo e imboccò il sentiero per la carovaniera che conduceva verso le terre del sud. Avrebbe riconosciuto Lidya? Forse. Avrebbe cercato negli occhi di qualcuno il colore della foresta, la luce della forza, il sapore del fango.

X

Dal diario di Lidya

Finalmente trovavo il coraggio. Volevo rivederlo, mio padre, sovrastarlo con la mia presenza, sfidarlo con la mia lucida corazza in metallo rosso, come il sangue che avevo sputato in quegli anni per divenire ciò che ero. Volevo che notasse i gradi di ufficiale della città che lui aveva amato e poi odiato.

Volevo che capisse che non mi aveva piegata togliendomi tutto, imponendomi di essere Varian, un giovane soldato senza famiglia, un ragazzo, celando la mia femminilità, lasciato su un isolotto dove per quasi dieci anni ero stata addestrata all'uso delle lame da anziani combattenti. Trattata e ritenuta un uomo, mentre sotto quelle spesse fasce che mi comprimevano il petto c'era una ragazzina impaurita, insicura ma capricciosa, appesantita da quel segreto, da quella sfida.

Come avrebbe reagito? Chissà se sarebbe riuscito a trattarmi come il suo campione, Ashite, l'uomo a cui debbo la perdita di una vita agita, che gli consigliò di mandarmi lontana, per farmi addestrare con un soldato. Ashite, a cui debbo la perdita di una vita da donna. Lo odio ancora, ma la sete di vendetta ha oramai lasciato il posto alla nostalgia. In fondo la mia prima scimitarra ho imparato a usarla grazie a lui e grazie a lui oggi riesco a comprendere cosa vuol dire guardare negli occhi del nemico che sto per uccidere.

Troppi pensieri affollavano la mia mente mentre cavalcavo tra pendii e colline, andando incontro all'alba, sul mio fido cavallo, Mik, il solo compagno fedele che abbia mai avuto. Il suo scalpitio era così regolare e piacevole da non farmi accorgere di un altro rumore che stava giungendo alle mie spalle. Un gruppo di combattenti senza insegne mi raggiunse e io mi fermai. La mia armatura, lucida e perfetta come sempre, e il mio elaborato elmo mi nascondevano i tratti, mentre il mantello mi rendeva forse le spalle più ampie perché, ancora una volta, riuscii a farmi passare per un uomo, un soldato.

"Salve cavaliere!" mi fece l'uomo che sembrava guidare la spedizione. Con lui al seguito uomini di diversa corporatura e perfino un nano dalla barba ricca di ninnoli e treccine.

"Salve a voi," risposi cercando di dare un tono basso alla mia voce troppo femminile.

"Vi inseguiamo da un po', ma il vostro destriero sembra troppo veloce persino per i nostri cavalli da guerra. Fortunatamente ci avete scorto e vi siete fermato. C'è un manipolo di orchi laggiù verso est, che si è spinto troppo fuori dai loro territori, proprio nella direzione verso la quale state cavalcando. Abbiamo ricevuto, dal signore di queste terre, l'incarico di eliminarli, o quanto meno allontanarli. State attento dunque, sono numerosi."

L'uomo che mi parlava era molto calmo, mi aveva ricordato per un attimo il mio primo maestro d'armi. Non vedevo nulla di lui, solo due grandi occhi scuri, il resto era celato da una splendida armatura di metallo decorato, spuntoni acuminati d'argento troneggiavano luccicanti sugli spallacci e venivano riportati anche sull'elmo.

"Vi sono grato, messere, per l'avvertimento. Farò una deviazione. Poi si sta facendo giorno e quelle creature non amano agire sotto la luce del sole."

L'uomo fece girare il suo cavallo e tornò alla testa del gruppo di combattenti, i quali nel frattempo erano rimasti immobili e schierati su file di tre, con precisione e ordine. Mi fece un saluto militare, che ricordavo vagamente tipico di qualche zona del continente, avvicinando una mano alla celata dell'elmo, io ricambiai chinando al solito il capo in modo formale. Riafferrai le briglie di Mik e lo spronai, ma qualcosa mi fermò: quell'uomo mi aveva raggiunto, superato e mi faceva cenno d'attendere.

"Ora che ci penso," mi disse, "mi sembrate un soldato, avete le insegne della capitale, i gradi da ufficiale e siete anche fornito di armatura e armi. Volete unirvi a noi? Ci sarà una ricompensa adeguata e a noi servono braccia forti."

"Non ho bisogno di soldi, messere, e non sono un mercenario, combatto per difendere le persone a cui tengo o forse per far un po' di pulizia in questo mondo," gli risposi con il mio solito tono arrogante che inevitabilmente ogni tanto saltava fuori. "Vi accompagnerò però, ho voglia di sgranchirmi un po' le braccia," e così dicendo scostai il mantello dai foderi che portavo ai fianchi. Le mie due scimitarre, identiche e dalla lama nera, luccicarono al primo bagliore del sole nascente, trionfando fiere e splendide con le loro else decorate con i cobra in oro e gli occhi di rubino. Le spine d'oro rosso sul codolo sembrarono fremere.

"E sia! Questi saranno allora i vostri compagni per oggi," rispose quell'uomo indicando il piccolo schieramento dietro di noi. "Io sono il Capitano del gruppo e voi dovrete attenervi alle mie indicazioni. Siete un soldato di cavalleria o di fanteria?"

"Sono stato addestrato per combattere con armi a due mani da fante e con lame lunghe e scudo a cavallo. Ditemi voi come preferite che io mi schieri."

"Sarà preferibile che rimaniate a cavallo se sapete destreggiarvi bene, quegli orchi sono davvero molto alti."

Nell'annuire estrassi lo scudo dalle bisacce legate sul dorso del mio cavallo e lo infilai a tracolla. Raggiunsi la postazione indicata dal Capitano, nella quarta fila, e iniziai a seguire quegli uomini al galoppo.

Ben presto raggiungemmo i margini della terra degli orchi, un olezzo stantio di morte giungeva alle mie narici.

"Dobbiamo coglierli di sorpresa, procediamo al passo ma non dividiamoci. Preparatevi alle loro urla di guerra e a molto sangue. Che non sia il nostro!" Il Capitano ci incitò con lo sguardo, sicuro e fiero. Impugnammo tutti le armi e procedemmo tra gli acquitrini a passo lento con rigoroso ordine. Poco tempo dopo scorgemmo quello che doveva essere il loro accampamento: pali conficcati nel terreno reggevano pelli ancora sanguinanti, pietre robuste erano state disposte in cerchio e quello che sembrava essere il loro sciamano stava innalzando verso il sole un grande teschio di qualche animale e da esso beveva.

"Colpite prima lui," disse il Capitano, "è un rischio ma se feriamo il loro stregone gli orchi verranno distratti, temono gli spiriti che sa evocare, potremo colpirli con maggiore libertà."

Così, al segnale ci gettammo alla carica. Il nano che aveva fatto il percorso a piedi riuscì a portarsi sotto allo sciamano, protetto dai nostri cavalli e lo colpì a una gamba con il suo pesante martello. Un urlo terribile risvegliò gli orchi sparsi nei dintorni e subito ci trovammo circondati. Non ricordo quanti ne colpii, tiravo fendenti controllando il mio cavallo e destreggiandomi tra i gruppi, due o tre orchi si battevano con ognuno dei miei compagni.

Loro erano nettamente superiori a noi nel numero. Un orco dai lunghi artigli alzò le zampe davanti a Mik e lui si sollevò sulle zampe posteriori rischiando di disarcionarmi. Solo facendo un grande sforzo e stringendo con le gambe sui fianchi del cavallo riuscii a non cadere, quando poi Mik si rimise a terra io approfittai dello slancio in avanti e affondai la mia spada lunga nel collo dell'orco, decapitandolo subito dopo.

I miei compagni se la stavano cavando altrettanto bene, la situazione era a nostro vantaggio finché un orco possente riuscì a staccare di netto il braccio di uno degli uomini che copriva il Capitano. L'urlo che ne seguì mi fece rabbrividire ma non mi distrassi, dovevo guardarmi le spalle dai due orchi che si stavano gettando su di me.

Passò diverso tempo e finalmente ogni orco era stato abbattuto, a terra solo cadaveri, sangue. L'uomo senza un braccio era stato allontanato e messo a riparo dietro un grande masso al lato dell'accampamento e finito lo scontro tutti ci radunammo intorno a lui. Il Capitano lo stava medicando, si era levato l'elmo e folti capelli neri erano scesi sulle sue ampie spalle.

"Ti salverai ragazzo, ti ha solo tagliato un braccio in fondo! Ed è solo il sinistro."

Il Capitano cercava di scherzare sull'accaduto forse per risollevare quel giovane uomo che piangeva, si disperava, contorcendosi per il dolore. Stava perdendo molto sangue ed era evidente che a momenti ci avrebbe lasciato. Su tutti era calato il silenzio, nessuno osava dir nulla, l'unico a confortare il ferito era il Capitano.

"Sei stato straordinario, mi hai coperto le spalle senza sosta e grazie a te ho potuto colpire con maggiore sicurezza. Sei un uomo valoroso, sono fiero di te!"

Il Capitano sembrava sincero, il suo sguardo era triste. Il ragazzo si spense sorridendo, guardando il suo Capitano negli occhi. Il corpo fu caricato sul suo cavallo e il Capitano ci riunì intorno a esso per rendergli omaggio, recitammo delle preghiere devote al Signore della Guerra, affidando a lui la sua anima e presto il corpo, consapevoli che oramai non avrebbe più fatto ritorno nelle terre dei mortali. Ripartimmo lasciandoci dietro il cumulo di cadaveri orcheschi e la palude, il sole era oramai alto nel cielo. Quando il Capitano fermò lo schieramento avevamo raggiunto un fiume cristallino, ci accampammo e quegli uomini si offrirono di dividere con me il loro pasto.

"Non mi avete neppure detto il vostro nome, soldato," mi disse.

"Varian," risposi io senza aggiungere il mio cognome, temendo che fosse riconosciuto.

"Siete stato davvero bravo a destreggiarvi da solo contro più di un orco. Ottima tecnica di difesa. In che accademia siete stato addestrato?"

"A sud, Capitano, molto a sud, ma da diversi anni oramai sono alla ricerca di un valido maestro per perfezionare la mia tecnica e sembra che non sia giunto ancora il momento che io lo trovi."

"Comprendo. Fate dunque parte dell'esercito della capitale?"

"Sì, più o meno, Capitano. Ma per desiderio di difendere le mie terre, non ho mai combattuto per i gradi."

"Vedete, oggi ho perso uno dei miei più valorosi uomini e, anche se nessuno potrà mai sostituirlo, mi piacerebbe avervi nel mio schieramento, è davvero notevole la vostra tecnica."

Chissà perché quella richiesta non mi stupì. Tutti si erano levati l'elmo tranne me, era giunto il momento. Oramai erano anni che avevo lasciato crescere i capelli e la mia espressione si era addolcita. Probabilmente la mia femminilità, da quando stavo dimenticando Varian, era troppo evidente perché appena mi levai l'elmo e slacciai il mantello rivelando il corpetto sagomato sull'addome che seguiva le mie forme femminili, il Capitano sgranò gli occhi mentre un lieve brusio di voci si levava dall'intero gruppo.

"Ma voi siete una donna!" Mi fissava con un'espressione indecifrabile.

"Ebbene sì, il mio nome reale è Lidya. Varian è il nome con il quale per anni sono stata conosciuta dai miei maestri, quando tutti erano certi fossi un ragazzo. La vostra proposta è ancora valida, Capitano?" gli chiesi alzando un angolo della bocca nel mio solito sorriso ambiguo.

"Per tutti gli spiriti oscuri, dama! Lo sarebbe ancora se non temessi che la vostra presenza nell'esercito sarebbe foriera di sventura, rischiereste di distrarre i miei uomini non molto abituati a veder donne tra le fila."

"Non li portate nelle bettole la sera a rifocillarsi col vino caldo e le avvenenti cortigiane?" gli chiesi assumendo subito un'espressione controllata ma accigliata.

"Lasciate che mi abitui all'idea. Perdonate se vi guardo con insistenza, Lidya, ma mi sembra così incredibile che una donna, per giunta dagli esili polsi, sappia così ben destreggiarsi in battaglia. Questi vostri maestri che vi hanno addestrata dovevano essere dei maghi!"

E certo!, pensai. *Non può essere del tutto merito mio, sono una donna! Deve per forza essere anche merito di un uomo.* Scacciai subito quei pensieri, avevo voglia di riprendere il mio cammino.

"La vostra proposta è interessante, Capitano, ma ho ben altri progetti per ora. Chissà, magari un giorno verrò a cercarvi." Mi rassettai il mantello, l'elmo sulla testa e rimontai a cavallo.

"Aspettate, Lidya, non vorrei avervi offesa, dicevo sul serio, sarei lieto di avervi tra i miei uomini, nel mio esercito." Il Capitano parlò con tono serio.

"Lieta davvero, ma ho delle missioni da svolgere e una promessa da mantenere. Ho promesso di onorare i gradi che porto e qualcuno mi attende alla capitale. Buona sorte, Capitano."

Salutai così lui e gli altri uomini ancora un po' imbambolati, sorpresi. Spronai Mik al galoppo, a breve avrei rivisto mio padre, era la sola cosa che mi importasse.

Il sole stava cedendo il passo alla luna, fermai il mio cavallo vicino a un gruppo di alti e vecchi alberi. La casa nella quale ero cresciuta era oramai vicina. Tante cose affollarono improvvisamente la mia mente, pensieri e ricordi.

La mia vecchia balia e la sua stregoneria. Il fascino del proibito. L'amore per le armi e per la disciplina. Le parole dolcissime di chi aveva dimostrato di sapermi amare davvero, per ciò che ero.

E poi gli occhi del Capitano sui suoi uomini, il loro sguardo fiducioso per quell'uomo che li portava a morire con dignità. I miei gradi da ufficiale mi pesavano in quel momento, così come l'armatura sulle spalle.

Non avrei potuto mostrarmi così a mio padre, dopo dieci

lunghi anni… mi avrebbe deriso, la mia preparazione alle armi era incompleta. Ero Varian ed ero Lidya, a metà tra la volontà di non farsi ferire e il sublime piacere di farsi accarezzare con indosso un abito di seta. Dovevo essere migliore, dovevo cercare quella fiducia negli occhi di un nuovo maestro, negli occhi di chi servivo, di chi prendeva la parte più battagliera di me.

Ma dove?

Avrei potuto ricominciare da capo altrove, essere Varian, protetta dalle mie ambiguità, senza più lo spettro di Lidya ad aleggiarmi intorno. Ma avrei perso qualcosa, la scoperta del mio animo, delle mie passioni, dei miei desideri. Avevo imparato ad ascoltare, ogni mio fremito, a sorridere. Troppo semplice scappare. Ben chiaro però ora mi era qualcosa di nuovo. Non mi importava di gradi, saluti rigorosi privi di significato.

Odiai improvvisamente tutti coloro che si nascondevano dietro gradi importanti senza neppure sapere a che doveri portavano. Volevo degli ideali e lo capii lì, alle porte della mia vecchia casa.

Appoggiai la fronte al tronco ruvido di un albero lasciando che il sole oramai morente baciasse il mio profilo inquieto. *Le promesse vanno mantenute, sempre, e devo tornare da lui, dall'uomo che amo. Tornerò ancora in quelle terre*, mi dissi togliendomi i gradi sullo spallaccio, *e trarrò la mia forza dallo sguardo delle persone che ho imparato ad amare. Ancora una volta, ma senza più compromessi. Solo allora potrò tornare da mio padre e rivelarmi a lui, fiera e senza più ombre.*

Decisi quindi di tornare indietro, alla capitale, mentre l'oscurità avanzava lenta.

XI

Dal diario di Lidya

Questa volta ero intenzionata ad andare fino in fondo. Ero partita determinata a raggiungere la casa di mio padre e rivederlo, dopo più di dieci anni, senza alcun indugio.

Chiesi un permesso di qualche giorno al mio superiore, salutai gli altri soldati e amici e partii. Mio padre viveva ancora nei pressi del grande valico innevato.

Giunsi alla Locanda del Viaggiatore che già il sole era un lontano ricordo e faceva davvero molto freddo. In fondo alla stanza, poco lontano dal mio tavolo, quattro soldati consumavano grossi boccali di birra chiacchierando animatamente.

"Così rivedremo il nostro capitano. Manca da queste terre da quasi due anni. Sono davvero entusiasta di rivedere Ashite," disse così uno di quegli uomini e si scambiò occhiate gioiose con gli altri.

"Già, e pare che non abbia ancora trovato ciò che cerca. Menomale che almeno ha deciso di far ritorno per la Festa delle Cere, anche se temo che andrà via subito dopo," aggiunse l'uomo che sedeva dandomi le spalle.

"Non sono mai riuscito a capire perché si sia tanto intestardito," rifletté un altro dei soldati al tavolo, "è l'unico a non essere convinto che la figlia del Duca Glirar..." Non riuscii a sentire la fine della frase perché l'oste era giunto al mio tavolo con un piatto di minestra e del vino e mi stava dicendo qualcosa.

Le voci si fecero confuse, gli uomini smisero di chiacchierare perché un altro soldato era entrato e li salutava facendo un gran frastuono. Dunque parlavano di me? Chissà, forse. Ricordai però che quello era il periodo in cui mio padre dava nella sua casa quella strana festa, molti la chiamavano la Festa delle Cere, per l'abitudine delle giovani donne che vi partecipavano di nascondersi il volto con delle maschere. Un gioco, un'usanza che mio padre amava conservare di anno in anno.

Avrei preso parte a quella festa.

Pagai il conto e mi diressi al villaggio lì vicino. Raggiunsi il laboratorio dove ricordavo esserci qualche sarto. Era notte fonda, ma non avevo molto tempo ed ero intenzionata a scoprire di più su Ashite e la vita di mio padre, prima di presentarmi a lui. Bussai a un piccolo portone, la dimora di una sarta come indicava il disegno su una tavola di legno. Nessuno rispose. Presi il portone a calci, accidenti, dovevo far presto e le buone maniere potevano attendere! Mi venne ad aprire una donnina minuta, con un lumicino in mano.

"Perdonatemi, so che è notte fonda ma è davvero urgente, credetemi."

La donna mi guardò dapprima accigliata, poi sorpresa e infine intimorita. "Dama, io… non… prego, entrate," disse con un filo di voce.

"Mi occorre la vostra opera, dovreste cucirmi un abito di seta, entro domani sera. Che sia sobrio però, nulla di appariscente e poi… vi prego, indicatemi a chi chiedere una maschera," le dissi addentrandomi nel piccolo laboratorio di sartoria. Rotoli di tessuto, un vecchio telaio e manichini erano sparsi ai lati delle pareti, al centro un grande tavolo ove si confondevano disordinatamente rocchetti, scampoli, forbici, puntaspilli e bottoni di ogni colore e metallo e dove io lasciai cadere un tintinnate e cospicuo mucchietto di monete d'oro.

"Sì, certo… io credevo di avervi soddisfatto con quello turchese… ma se ve ne occorre un altro mi metterò subito all'opera," rispose la sarta mentre si buttava uno scialle sulle spalle.

"Di cosa state parlando? Cercate di destarvi dal sonno, non mi avete confezionato nessun abito turchese!" Stavo per perdere la pazienza. L'idea di tornare a casa aveva la capacità di risvegliare in me tutte le spine che mi pungevano l'anima e che fremevano per scagliarsi contro chiunque.

"Ma dama, io… come desiderate," rispose la donna chinando il capo con strano eccessivo rispetto. Che mi avesse riconosciuto? Dannazione!

"Prendete le misure che vi occorrono, svelta! Tornerò all'alba a prendere l'abito. Ditemi dove possono confezionarmi una maschera per la festa."

"Sì, subito," rispose la sarta mentre già mi cingeva vita e fianchi con i suoi cordoncini per prendere le giuste misure. "Per la maschera andate da messer…" La donna mi spiegò come raggiungere l'artigiano che faceva al caso mio e quella mattina vidi l'alba sorgere pallida con in mano tutto ciò che mi occorreva.

La grande sala dei ricevimenti della dimora di mio padre era esattamente come la ricordavo. Ampie arcate incorniciavano vetrate dipinte, ai lati lunghi tavoli di legno scuro imbanditi con frutta, carni arrosto e boccali di vino rosso rubino. In fondo alla stanza il grande camino accanto al quale erano state disposte sedie imbottite e mio padre era lì.

L'uomo, che avevo amato più di chiunque altro e che avevo poi odiato fino a desiderarne la morte, era lì, autoritario e pacato come sempre, ignaro che la figlia che molti anni prima aveva costretto lontano da casa, sotto il duro addestramento militare, nei panni di un giovane ragazzo, fosse nella sua stessa stanza.

Entrai in quella sala in punta di piedi, le scarpine da ballo mi facevano così male, come rimpiangevo i miei alti stivali di cuoio! Il lungo abito che mi ero fatta confezionare scivolava sulle mie forme soffermandosi indiscreto a fasciarmi i fianchi, scoprendo la scollatura bordata di piccole perle. Erano passati così tanti anni dall'ultima volta che la seta aveva accarezzato le mie membra, mi sentii inebriata, come sotto l'effetto del buon vino zuccherino, quelle stoffe mi riportavano sulla pelle e nella mente ricordi così lontani, il profumo pungente delle spezie, il luccichio dell'oro e delle gemme, le risate della vita agiata e facile. Ero contenta però della mia alleata. La maschera che avevo scelto mi copriva interamente il volto. I miei occhi liberi di osservare, le mie labbra coperte dal lungo becco color avorio incastonato tra decorazioni dorate, e i miei capelli così ancora rossi, carichi di mille passioni e fluidi ora come il sangue che sentii sulle guance quando i presenti si voltarono verso me.

Ero giunta alla Festa delle Cere da sola, senza un cavaliere, cosa un po' insolita.

"Il vostro accompagnatore si è perso per i corridoi del palazzo?" mi chiese l'uomo che si era avvicinato a me. L'espressione così sicura di sé, il tono sarcastico, i modi galanti, l'aspetto raffinato. "Permettetemi di porgervi il braccio, dama," disse muovendosi come in una danza tante volte eseguita. Mi limitai ad annuire e accettai il suo braccio e la sua già evidente corte.

Ballai per diverso tempo volteggiando per quella stanza come chi non ha altri pensieri che quello di divertirsi e di apparire bella. Lidya, la donna, pungeva morbidamente dentro me, Varian, il soldato, mi irrigidiva.

Mio padre era lontano e io cercavo di guadagnare la strada verso il camino per poterlo vedere da vicino, l'uomo che mi cingeva la vita però non assecondava i miei movimenti e io lasciai per un po' che l'ottimo vino dolciastro offertomi facesse la sua parte e mi rendesse cedevole, libera, leggera.

Ed ecco che nell'ampia sala si aprì un varco e riuscii a vedere da lontano mia madre. Era bella come la ricordavo, sempre così elegante e dallo sguardo dolce, le gambe mi cedettero e l'abbraccio che mi sorresse per un attimo desiderai fosse il suo.

"Avete bevuto troppo, mia signora? State bene?" mi chiese il mio cavaliere dai profondi occhi blu.

"Sì, ho avuto solo un capogiro, non ballo da mol… è la

prima volta che danzo così a lungo," risposi cercando di apparire timida e indifesa. Probabilmente non vi ero riuscita perché lui mi rispose con un sorriso tutt'altro che compassionevole, forse un po' troppo accomodante.

Un'allegra risata irruppe nella melodia che ci faceva danzare. Mio padre stava abbracciando un alto uomo dai lunghi capelli grigi, non riuscivo a veder altro, troppe gonne, troppi veli, troppi volti festosi, troppa distanza tra me e lui.

Scorsi tra i preseti anche i miei cugini, erano diventati uomini con al seguito moglie e bambini, li ricordavo appena ragazzi, mi resi conto solo allora che erano passati più di dodici anni dalla mia ultima presenza in quella stanza.

Vi fu uno strano movimento al lato della sala, intravidi qualcosa con la coda dell'occhio, un movimento furtivo e mi distrassi rischiando di inciampare sullo strascico dell'abito che già non sopportavo più. Passarono pochi istanti, o forse molti, e un urlo spezzò i suoni festosi. Mio padre era seduto su una sedia e un uomo dal volto coperto gli puntava un coltello alla gola tenendolo immobile. Il volto terrorizzato di mia madre, i presenti che si appiattivano contro le pareti, il mio cavaliere che mi stringeva la mano e mi portava via e io per un attimo smisi di respirare, nessuna emozione, solo il vuoto.

Poi le mie spine finalmente tornarono a pungere destandomi, Varian divenne solida presenza e dimenticai ogni abito, musica, vino, sapore inebriante. Infilai la mano nel corpetto ed estrassi il mio sottile pugnale senza dar nell'occhio. Avevo fatto bene a portarlo con me, un combattente che si rispetti non gira mai disarmato, mai! Schermata dalla mia inoffensiva apparenza scivolai nelle file posteriori dei presenti e raggiunsi l'angolo più vicino al camino, liberandomi dalla stretta di quell'uomo con un gesto secco e forte.

"Fai portare ai tuoi servitori due casse piene d'oro, mio caro Duca Glirar, e fallo subito o ti taglierò la gola senza esitazione," disse l'uomo incappucciato. "Ordinagli di farmele vedere e poi falle portare fuori dal palazzo, i miei amici mi lanceranno un segnale quando avrai fatto eseguire i miei ordini," concluse quella figura ammantata completamente di nero.

Freddo controllo scorreva nelle mie vene. Quegli stolti delle guardie presi dalla festa avevano mancato al loro compito, proteggere mio padre. Idioti! Feci leggeri passi verso il camino, rimanendo nell'ombra della parete più esterna, tra drappi e tende spesse, approfittando del fatto che l'attenzione di tutti era per la scena che si stava consumando davanti al camino. Raggiunsi l'uomo alle spalle mentre ancora impartiva ordini e teneva immobile mio padre. Dovevo colpirlo subito, prima che i presenti accorgendosi di me mi guardassero rivelando a quell'uomo la mia presenza.

Veloce e con precisione gli afferrai il braccio che teneva il pugnale, conficcai il mio nella sua scapola, disarmandolo e facendolo urlare. Il mio avversario però, prontamente, nell'accasciarsi a terra afferrò il kryss che teneva al fianco, sotto la cappa scura, e con una rapida torsione del busto riuscì a conficcarmelo nel fianco. Il dolore fu improvviso e terribile, il mio vestito di seta chiara si squarciò macchiandosi pian piano di quel sangue scuro che scorreva caldo, che sapeva di ferro, l'odore della sconfitta. Per un istante qualcosa si annebbiò nella mia mente, rividi volti del passato e affetti del presente. Dovevo tornare, dovevo andare da chi mi attendeva, lo avevo promesso, non potevo farmi sopraffare da quella sensazione di piacevole abbandono.

Quando ripresi coscienza di me, un istante dopo, mi resi conto che la mia mossa era servita a distrarre l'uomo incappucciato permettendo alle guardie di mio padre di agire prontamente. Quell'uomo, alto e dai capelli grigi, che aveva salutato mio padre affettuosamente poco prima, aveva immobilizzato l'aggressore e impartiva ordini severi e sicuri ai suoi uomini.

Lo riconobbi, era Ashite, sul quale il tempo aveva lasciato le sue tracce, scolpendogli lievi solchi sulla fronte, ma non nel suo misterioso sguardo che, ancora una volta, mi ricordava quello di un drago. Mio padre, soccorso dalle amorevoli cure di mia madre, mi stava guardando. Premetti con ogni forza la mano sulla ferita, dovevo controllare il dolore così come mi era stato insegnato.

"Mi avete salvato la vita, giovane donna, lasciate che io vi ringrazi, ditemi il vostro nome e lasciate che i miei guaritori vi medichino," mi stava dicendo con quella sua voce così pacata e dal tono saggio. Probabilmente era giusto così, lui mi avrebbe rivista dopo tanti anni scoprendo che la bimba capricciosa che aveva affidato all'addestramento di guerrieri, sotto le mentite spoglie di un giovane ragazzo di nome Varian, era diventata una combattente, disciplinata e orgogliosa delle sua capacità. Abbassai lo sguardo e afferrai la maschera per sollevarla e rivelare così a tutti la verità, ma qualcosa mi impedì di farlo.

"Bambina mia!" La voce di mia madre era cristallina e accorata, il sangue mi si gelò nelle vene, persino il taglio sul fianco smise di urlare la sua presenza smettendo di battere dolorosamente nelle mie carni.

"Madre…" riuscii solo a dire con un filo di voce mentre mi rendevo conto che quell'esclamazione non era per me ma per la giovane donna che correva verso mio padre e lo abbracciava impetuosamente. Era alta, bella e con lunghissimi capelli rossi. Gemme verdi le ornavano i capelli confondendosi con i riccioli scarlatti che incorniciavano un volto dai tratti decisi, arroganti ove non vi era traccia di dolcezza o compassione. Quella ragazza mi somigliava terribilmente o forse somigliava a una Lidya che non c'era più.

"Lidya, bambina mia, è tutto finito. Ringrazia questa donna, ella mi ha salvato la vita," le disse mio padre accarezzandole i capelli amorevolmente e indicandomi.

Io mi rialzai prontamente, il mio sguardo confuso incontrò gli occhi del drago, Ashite mi fissò come incredulo, come se riuscisse a vedere oltre quella splendida maschera di cera. Non comprendevo, quella giovane donna era lì, al mio posto, ancora una volta qualcuno aveva preso ciò che mi spettava. L'affetto di mia madre, quello di mio padre… la mia vita.

"Venite, avvicinatevi, misteriosa dama. Come vi sentite?" mi chiese mio padre.

"Sto bene, non preoccupatevi, ciò che conta è che non vi abbiano ferito e che possiate riabbracciare i vostri cari… vostra figlia," la mia voce era di nuovo rigida, controllata. Le mani scivolarono lungo i fianchi, lungo quell'abito macchiato di sangue, lungo i brividi di rancore, sorpresa, perdita e dolore che di nuovo mi assalivano. Ashite mi afferrò per un braccio, con gentilezza, io mi liberai dalla stretta.

"Fatemi vedere il vostro volto, ve ne prego," mi disse.

"Il mio volto non ha importanza, Capitano. Guardate i miei occhi, essi basteranno forse per ricondurvi a un passato che avete dimenticato," gli risposi e gli occhi di drago si unirono ai miei, cupi come una buia foresta al crepuscolo.

I muscoli reagirono a i miei ordini e un'impetuosa forza mi permise di correr via dalla stanza per raggiungere le stalle e Mik. Saltai in sella al mio fedele amico, indossai i foderi con le mie due scimitarre estraendoli dal fagotto di abiti che Mik portava in groppa.

Corsi lontano da tutto, da quelle sensazioni, da quel luogo che oramai non era più casa mia, lasciandomi indietro i volti, la musica, le sete, i gioielli e gli odori di un tempo che mai più sarebbe tornato.

XII

Si appoggiava al bastone cercando di non scivolare su quella neve candida e immacolata. Non vi erano neppure orme di animali lassù, il suo capoclan l'aveva mandata davvero lontano.

Cosa avrebbe trovato sulla cima di quella vetta?

Lui sosteneva che lì vi fossero gli spiriti guida delle Valchirie, ma lei non era una Valchiria, anche se nelle sue vene scorreva un po' del sangue del nord e un tempo, prima di rinunciare alla guerra, combatteva. Appoggiò male un piede e scivolò strappandosi i gambali di cuoio su un ginocchio, si fermò a riposare e ad asciugarsi la fronte.

Anche se sotto la neve, lo sforzo fisico la faceva sudare e i pensieri le offuscavano i riflessi. Sentendo il silenzio ovattato della neve, nel quale udiva solo il battito del suo cuore, tornò con la mente a quanto aveva appena visto. Il capoclan aveva condotto i suoi uomini a un cerchio di pietre con rune e simboli, al centro del quale vi era un falò. Avevano eseguito un rituale solenne, si erano marchiati col fuoco, avevano invocato dèi e fatto promesse col cuore e con l'animo. Lui, imponente, ricoperto di pelli e con l'orbita vuota dell'occhio celata da una benda, pronunciava parole dal profondo significato e quegli uomini, giovani, cosparsi di fiducia e con gli occhi colmi di pensieri, immersi nella tradizione radicata del nord, partecipavano a quella danza di anime eseguendo movimenti e dicendo parole che divenivano poi un tutt'uno con la terra e col cielo che lì erano a testimoni.

Le fiamme scintillavano indomite nella notte e loro, con la

pelle scoperta, a tratti sudata, eseguivano quel rituale divenendo lupi o forse accogliendo in sé lo spirito del lupo.

Lidya non avrebbe mai potuto coglierne il significato come avevano fatto loro, ma lasciare che potesse assistervi fu per lei una grande dimostrazione di stima. Quando tutti erano andati via, rimasti soli, l'imponente nordico le aveva messo la grande mano sul capo, le aveva letto negli occhi la sofferenza e le aveva infuso un po' di coraggio.

"Sei come il fiore delle nevi, il candido giglio. Fragile eppure immobile lì nel gelo, nonostante tutto."

Poi le aveva indicato le stelle, la costellazione del Giglio e le aveva detto che lei era lì, doveva solo ritrovarsi e placare lo spirito della guerriera che si dibatteva perché non trovava riposo. Non doveva ancora riposare.

Lidya lo guardava e faceva come lui le aveva detto. Zitta, come una bambina, eseguiva gli ordini del grande uomo dai lunghi capelli rosso scuro e lasciava che il vento danzasse tra le pieghe del suo abito. Senza pelliccia o guanti, non sentiva freddo, anzi la sensazione pungente del vento sulla pelle le dava piacere.

"Ascoltalo, fallo divenire tuo, accoglilo dentro te. Il vento ti porta sussurri, ti vuol parlare."

Lui la incitava con le parole, il tono fermo, basso. La voce corposa tipica degli uomini del nord. Quando riaprì gli occhi lui era ancora lì, con le sue lunghe trecce fermate da quegli strani ossi.

Le diede la sua benedizione, un bastone, un ciondolo e la lasciò partire.

Lo spirito del lupo era con lei.

Si alzò e riprese il suo cammino guardando verso la cima che stava per raggiungere.

Ogni tanto si voltava per osservare le sue orme nella neve, che piano piano sparivano ricoperte da neve fresca. Quasi non se ne accorse e si trovò sul picco di quella vetta, guardò in basso e le girò il capo. Non era mai stata così in alto.

"Fai attenzione, bambina, un piede messo male e scivolerai verso il basso spaccandoti ogni ossicino di quel tuo minuscolo corpo."

Lidya si voltò di scatto e spalancò la bocca stupendosi di ciò che vedeva.

Una donna alta un braccio più di lei, con la pelle rugosa sul volto e sul collo, fasciata nell'addome con pelli e pellicce grigie, le gambe coperte da fasce di cuoio che le lasciavano però scoperti i muscoli lunghi delle cosce, tesi, perfetti, terribili. Lunghi capelli bianchi, sottili come fili di seta, saettavano indomiti sulle spalle, le braccia muscolose, i polsi coperti da polsiere di cuoio borchiato. Al collo, sul seno prorompente lasciato in parte scoperto da un bustino di cuoio scuro, un ciondolo con una zanna, alle orecchie pendenti di piume d'aquila. La guerriera, splendida nella sua postura fiera e maestosa, appoggiava il suo corpo consumato, ma per nulla inoffensivo, a un lungo bastone che terminava a terra in un'ascia bipenne lavorata. Gli occhi, neri e senza ombre, scintillavano feroci su un sorriso bonario e beffardo, un sorriso che non teme nulla e che è pronto ad accoglierti.

"Sei giunta, la meta è questa, ora siedi e parlami," le disse la donna mostrandole un circolo di tronchi intorno a un fuoco, poco più in là.

Lidya si sedette ammutolita, in quella figura ammirava ogni cosa, dal passo deciso e mai incerto, alla sua perfezione nelle forme. "Io non credevo che quassù abitasse qualcuno, è un posto difficile da raggiungere," disse accorgendosi che non sentiva affatto freddo, seppure lì ogni cosa era bianca e fredda. Guardò il fuocherello e cercò subito dopo gli occhi della Valchiria.

"Non vi è posto, bambina, nel nord che non sia abitato, dove non vi è uomo vi è animale e dove non vi è animale vi è spirito. Le nevi sono il letto della vita e la casa della storia. Da qui ogni cosa nasce e qui ogni cosa giunge per morire."

Lidya non comprese del tutto quelle parole e fu subito attratta dal simbolo che la donna aveva tatuato sull'addome. "Un giglio bianco," disse con un filo di voce.

"Sì," disse l'anziana guerriera, "il fiore puro e forte. Vieni Lidya, sfiorane i petali."

"Come sapete il mio nome?" chiese subito ma non ebbe risposta. La donna le prese la mano e la guidò sul suo ventre, sui petali tatuati del fiore.

Lidya credette di impazzire. Quel fiore bruciava, le bruciò le dita e divenne subito reale. Un giglio bianco, fragile e forte allo stesso tempo sul ventre della Valchiria.

"Non aver timore, Lidya, questo è il ventre del mondo. Ogni femmina partorisce cuccioli che poi tra loro si uccidono, si combattono perché il più forte deve vincere. È lui poi a guidare il branco ed è lui che decide quando attaccare gli altri branchi o le prede. Tu non sei preda anche se ora ti sei così travestita, non sei capobranco, sei femmina, in te vi è la vita e così come puoi darla così puoi levarla."

Lidya ritirò impaurita la mano e urlò: "Non combatterò mai più! Ho spezzato la mia arma, non vi è vita in me, vi è solo vuoto, delusione, solitudine".

"Paura, vi è solo paura," le disse la Valchiria con aria materna e Lidya si sentì avvampare le guance. "Hai paura di lottare, paura di guardarti dentro e così preferisci dormire. Recupera le tue forze, figlia delle verdi terre. Verrà un giorno in cui sarai chiamata a combattere di nuovo e lo farai senza armi, lo farai con la forza del tuo animo. Perdona i nemici e abbi pietà dei tuoi amici."

Così disse la vecchia guerriera e alzandosi in tutta la sua maestosità si incamminò sparendo tra fiocchi di neve che divenivano sempre più fitti. Lidya guardò le sue mani, la pelle non era bruciata, si rialzò ed ebbe un capogiro, gli occhi le bruciavano… cadde a terra. Aprì le palpebre, si mise a sedere di scatto, si guardò intorno annaspando nella neve. Non si vedeva nulla, era tutto bianco e il vento agitava i fiocchi colpendole il volto. Si guardò intorno e si accorse che le mancava ancora troppo per la cima che il capoclan le aveva detto di raggiungere. Pensò che fosse meglio tornare indietro.

Incredula si rese conto che aveva solo sognato, non aveva visto nessuna Valchiria, la stanchezza degli ultimi tempi e quella traversata l'avevano fatta addormentare sotto la neve, in mezzo a una tormenta. E non era morta.

Rialzandosi qualcosa cadde a terra, lo raccolse, sembrava un petalo, era bianco e aveva il profumo dei gigli in fiore. Lidya sorrise e comprese. Poteva tornare dal capoclan, l'antico spirito delle Valchirie le aveva finalmente rivelato la via, quella dello spirito e della forza d'animo.

XIII

L'acqua era calma, uno specchio immobile che riflette luna e cielo, una distesa eterna che raccoglie le lacrime e le emozioni di ogni sogno affidato alle stelle.

Un masso, uno solo, emergeva dalla spuma bianca che calma e costante bagnava e ribagnava la sabbia fine. Un solo masso, lucido, che sapeva di mare e di tempesta, liscio di viaggi e di posti visitati, osservati, dimenticati. Un solo masso solitario tra correnti indomabili.

Lidya si sedette, raccolse a sé le gambe nude e attese.

Seduta su quel masso faceva vibrare la sua nima nera, stanca, buia di rancore e di amarezza.

Sola.

Il mare le accarezzava la pelle e a ogni carezza le portava via un ricordo. Liberava la mente quella donna, sfinita dai sogni, dagli ideali, consumata dal tempo che passava e le segnava il volto un tempo roseo, poi forte, più tardi presuntuoso e infine grigio.

Maschere, maschere di cera e di vento a nascondere qualcosa che nessuno vedeva, tranne lei, un sogno, il sogno di essere amata per ciò che nella sua profonda fragilità era. Se stessa, una donna.

Ripensò così a tutti quelli che le avevano parlato di amicizia e l'avevano poi rinnegata.

Ai vecchi che invece di raccontare la vita cercavano di distruggere quella dei giovani, per paura di morire, dimenticati.

Ai condottieri che dispensavano ordini e leggi senza guardare mai negli occhi i ragazzi che mandavano a morire in nome di ideali che mai, loro stessi, avevano compreso.

A chi svendeva la propria fede in cambio di potere, di fama, di gloria.

A chi giurava fedeltà a un uomo potente solo per provare a prenderne il posto.

A chi diceva di amare e invece sapeva solo possedere.

A chi non aveva la forza di parlare di amore ma aveva la forza di insultarlo.

A chi giudicava senza sapere.

A chi invidiava e provava a distruggere invece di ammirare.

A chi era piccolo e cercava di urlare come un gigante, a chi era grande e sorrideva con l'innocenza di un bambino.

A chi svendeva il proprio corpo per colmare un vuoto.

A chi custodiva un segreto solo per ricattare.

A chi sapeva solo chiedere.

Nessuna illusione, nessuna parola, nessuna spiegazione. Si voltò e guardò intorno a sé.

Mare, alberi, vento e silenzio. Un luogo estraneo.

L'infinito.

La solitudine.

Ferita.

XIV

Erano diversi giorni oramai che Lidya e il suo compagno avevano lasciato le terre del nord per trascorrere qualche giorno insieme nelle terre calde. I ghiacciai e le immense distese innevate, così come il potere ancestrale dell'Albero Antico venerato dai popoli nordici, mancavano a entrambi e sapevano che presto avrebbero sentito il richiamo e sarebbero tornati a casa.

Lidya era divenuta più taciturna negli ultimi periodi, si leccava in silenzio le ferite e guardava al futuro. Aveva ricominciato a vivere quando aveva trovato uno scopo nuovo, aiutare nella ricostruzione dell'antico clan degli orsi, ricevendo il kilt tradizionale e sentendo la forza dell'orso darle vigore e coraggio. Orsa nera, buia come morte, possente come una madre che difende i suoi cuccioli, indomita come una tormenta di neve, metodica e affidabile come una vecchia spada.

C'era qualcosa però che le impediva di prender sonno la sera e così tornava con la mente alle lunghe chiacchierate con sua madre adottiva, Valchiria e sciamana della signora della Luna, ripensava alla forza che leggeva nei suoi occhi e a quanta determinazione scorgeva in ogni sua preghiera. Quella sera però questi pensieri non le bastavano e così lasciò la stanza che divideva col suo compagno, in quella locanda calda e accogliente, e si incamminò verso la costa poco distante.

Il buio era rischiarato da una luna alta e perfetta, il riflesso argenteo su un mare burrascoso si mescolava allo spumeggiare delle onde e si fondeva con esse, sui piccoli arbusti invece disegnava contorni luminosi e delicati tanto da sembrare merletti.

Surreale, questo pensò Lidya sedendosi su un alto scoglio, rannicchiandosi e assaporando l'odore acre del vento misto all'acqua di mare. Un'onda fu più alta della altre e la raggiunse bagnandole il chiaro mantello che le copriva le spalle, si alzò per rassettarsi quando qualcosa le sfiorò la spalla destra.

"Venite qui spesso, giovane dama?" le chiese un'alta figura ammantata in un lungo mantello blu.

Lidya rimase un po' meravigliata nel non averla sentirla giungere e rispose: "In vero non sono di queste terre, non più almeno. È la prima volta che mi soffermo su questa scogliera anche se oramai meditare accanto al mare e contemplare la luna è diventata per me un'abitudine di cui non potrei fare a meno".

La figura annuì e si scoprì il capo abbassando il cappuccio. Lunghi e lisci capelli neri si sparsero saettando sulla lunga schiena della donna che Lidya aveva di fronte. Si avvicinò fino al ciglio della roccia a picco sul mare dicendo: "Io invece vengo qui ogni sera e vi rimango fino a ogni alba mentre il mondo dorme, ci sono anche la mattina quando sorge nuovo il cerchio di fuoco e vi rimango fin quando muore nelle acque infuocate. La gente però non se ne accorge e non pensa che potrei essere anche dall'altra parte della costa o su di una nave carica di pescatori e pesci," e così dicendo si girò verso Lidya e sorrise in modo talmente equivoco da farla rabbrividire. *Questa deve essere folle o aver bevuto troppo*, pensò e la assecondò annuendo piano piano.

La donna le voltò le spalle e continuò a parlare: "Non te ne sei ancora accorta? Quando il mare si infuria distrugge ogni cosa che incontra, urla, scalpita e non sente ragioni, poi, una volta sfogatosi, torna placido e sereno, avvolgente come una calda coperta, specchio luminoso delle luce. Non pensi che ti assomigli un po'?" le chiese continuando a guardare di fronte a sé.

Lidya rimase per un attimo basita poi irruppe: "Cosa ne sapete voi? Non mi sembra di conoscervi".

"E invece ci conosciamo bene, Lidya. A chi è che chiedi ogni sera conforto? A chi ululavi quando eri una lupa nel cuore e nel sangue? A chi rivolgevi le tue preghiere chiedendo di divenire forte e sicura? A chi facevi custodire i tuoi conflitti dell'animo?" Così dicendo si voltò e sorrise, il volto bello tanto da incantare, la pelle bianca come luna, gli occhi profondi di onde e misteri.

Lidya dischiuse le labbra ma non riuscì a emettere nessun suono tant'era la meraviglia.

"Il tuo animo mi appartiene, Lidya. Sei stata allevata come un ragazzo, ti sei finta tale per anni quando ne sei stata costretta ma Varian, il soldato, è morto da tempo e lo sai. Ora sei una donna completa, sicura anche se non te ne accorgi. Quanti altri uomini, condottieri, maestri e signori debbono deluderti prima di farti rendere conto che non è questa la tua strada? Tu servirai me d'ora innanzi, figlia mia, e da me trarrai forza e potenza. A te chiamerai le acque da me plasmate perché così è scritto nelle pieghe del tuo destino," le disse tornando a voltarle le spalle.

Nessuna risposta, nessun commento, solo mille pensieri si confondevano nella mente di Lidya. Fece un passo e cercò di avvicinarsi ma la donna lasciò scivolare il mantello ai suoi piedi e saltò oltre gli scogli tuffandosi nel mare buio. Lidya si sporse incredula e notò il corpo nudo e armonioso della donna terminare in una lunga pinna di squame argentate. Sparì velocemente nelle onde, una voce musicale risuonava tra le rocce bagnate di mare.

"Io sono tempesta e burrasca, sono il sogno del marinaio, la preghiera di chi parte per mare, la placida onda che ti culla, la mano ferma che ti scaglia, la scatola dei ricordi di tutte le terre e la padrona di ogni bestia del mare. Sono la Signora delle Maree e la tua guida da tempo, Lidya. Lascia che sia così come deve essere."

La voce echeggiò ancora per un po' finché pian piano il silenzio avvolse ogni cosa e fu l'alba.

I piccoli ciottoli accanto alla scogliera erano umidi, Lidya ne raccolse uno aprendo gli occhi, si stiracchiò e lo lanciò in mare. Tutto era calmo e sereno e la mente della donna tornò a quello strano sogno, alla donna con il corpo da sirena e al grande senso di pace che la avvolgeva.

Si tolse la sabbia dagli stivali e si accorse di una piccola scaglia blu a terra, la raccolse, la strinse forte nel palmo della mano e comprese.

Quando rientrò nella locanda il suo compagno la stava aspettando preoccupato seduto al bancone. Era straordinario come lui sapesse comprendere i mutamenti dell'animo di lei e non facesse mai domande. Le stava accanto senza farle pesare i suoi silenzi o le sfuriate. Lidya lo abbracciò.

"Torniamo a casa," disse con tono calmo.

Lui annuì senza far domande ma prendendole la mano con sicurezza. Non le chiese nulla neppure quando lei avvolse la sua lunga spada in un panno e la ripose nella sacca invece che nel fodero.

La fortezza impervia delle terre del nord era avvolta nel silenzio quando vi giunsero che oramai era sera, l'odore familiare del legno bruciato dei camini li investì. La neve ovattava i passi dei due cavalli stanchi mentre avanzavano al trotto per le strade bianche e ghiacciate. Lidya ripensò al suo sogno o alla visione e fu certa che da quel giorno nulla sarebbe più stato come prima.

XV

Era davvero una strana sensazione per Lidya quella di non essere più agile come un tempo. Abituata a sentire reattivi tutti i muscoli delle membra, dopo anni di allenamenti e il culto ossessivo del corpo, ora era davvero forte il senso di disagio e di fastidio che provava anche per fare movimenti banali come piegarsi o scendere da cavallo.

Ne era certa, la gravidanza era una vera rovina per una guerriera!

Mugugnando qualcosa tra i denti e maledicendo il suo ex compagno, cavalcava piano al trotto per le terre innevate, doveva raggiungere il castello di suo padre dove avrebbe trovato la madre Solie, che le aveva scritto di una brava ragazza disposta a trasferirsi nelle terre del nord per aiutarla con il nascituro e la casa. La sua vita stava cambiando davvero troppo nelle abitudini, nelle attitudini, nello spirito e questi sconvolgimenti la rendevano spesso stanca e malinconica.

Dopo il riavvicinamento con suo padre, il chiacchiericcio che c'era stato a seguito della scoperta della truffa che aveva permesso a una donna a lei molto somigliante di prendere il suo posto a castello, il perdono ad Ashite e la fine della sua storia d'amore con il compagno di tanti anni, una ragazza con cui chiacchierare la sera davanti al camino di casa, che la aiutasse con il bambino che sarebbe nato dopo l'estate, e che le tenesse compagnia era la cosa migliore che riusciva a vedere per ora per se stessa.

Quando raggiunse casa di sua madre il padre fortunatamente

non c'era. I conflitti che avevano da anni non si erano mai appianati del tutto e non avrebbe sopportato le sue recriminazioni. Gli sembrava già di sentirlo: "Ecco cosa accade a sposare un mezzosangue! Sei una guerriera tu, non una giumenta da latte! Gravida e pure sola. E ora questa storia che vuoi fare la sacerdotessa, che Laslonai ti fulmini! Ti ho fatto addestrare per combattere non per curare ferite e spiriti. La Signora delle Maree ti perdoni per l'ardire, non sarai mai adatta".

Abbracciò la madre, che oramai sentiva quasi come un'estranea, e si fece indicare la fattoria nel villaggio sul mare dove avrebbe trovato la giovane che avrebbe condotto al nord. Rifiutò di fermarsi a lungo, per timore di incontrare il padre di ritorno dalle terre dell'est, dove commerciava coi nani, e ripartì subito verso il mare. Quando arrivò vicino un ponte si fermò per rinfrescarsi il volto. Scese da cavallo maledicendo ancora una volta il suo ex compagno e si sfiorò il ventre prominente che tanto odiava per le dimensioni, ma che tanto amava per ciò che custodiva al suo interno.

Mentre riempiva la brocca di fresca acqua sentì un veloce scalpitio di zoccoli e si girò di scatto: due uomini col volto celato da un bavaglio le si affiancarono.

"Bella fanciulla, che ne dici di darci l'oro che hai nella sacca? In cambio noi non torceremo un capello né a te né al fagotto che custodisci sotto la veste," disse uno di loro.

Lidya li guardò emettendo un sibilo simile a un ringhio e cercò il pugnale che portava sempre nel corpetto, dietro la schiena.

"No no no, non si fa così, bambina. Noi siamo gentili e tu cerchi il tuo coltellino per farci del male, non si fa," disse il bandito con aria falsamente accomodante mentre le afferrava velocemente un polso.

Temeva che le facessero male ma non per lei, quanto per la sua creatura che ancora doveva vedere il mondo, così si limitò ad annuire lasciando cadere il pugnale a terra.

"Non ho molto, non giro carica d'oro come una regina, seppur rispetto a voi, ignobili e schifosi rifiuti della razza umana, devo sembrare una dea," disse con tono di disprezzo e non riuscendo a frenare quella lingua lunga che fin da piccola le aveva fatto meritare il nomignolo di *piccola serpe*.

L'uomo le stritolò il polso obbligandola a piegarsi in avanti.

"Zitta, cagna! Prendi quell'oro e sfilati i bracciali o la tua dea te la facciamo vedere subito da vicino."

Lidya prese le monete con la mano libera e lasciò che gli sfilassero i bracciali in oro. Quando le fu lasciato il polso arretrò di un passo e si accorse che un uomo giovane, accompagnato da una vecchia grassa e dall'aria impaurita, si stavano avvicinando a piedi verso il gruppetto approfittando della distrazione dei due banditi.

"Fermi, dannati!" urlò l'uomo alzando una falce scintillante per aria.

"Uh, uh, chi abbiamo, l'eroe!" sghignazzò uno dei due.

"Sei il furbetto che ha ingravidato la bella rossa dalla lingua lunga? Non le faremo male e nemmeno al tuo bastardello, ma abbassa quell'arnese e vai a mieterci il grano," continuò l'altro ridendo divertito.

"State bene, signora?" chiese l'uomo con la falce guardando Lidya per un attimo ma senza abbassare l'arma, mentre la vecchia pigolava preghiere e sospiri dietro di lui. Lidya fece un gesto di assenso veloce e si avvicinò a Neraluna, la sua cavalla.

"Sto bene, messere, e voi due avete avuto quello che volevate, andatevene!" disse alzando la voce con tono sicuro.

"E no, no, ora ripuliremo anche il tuo amichetto che sembra tornare fresco fresco dal mercato. Avrai fatto un po' di soldi o acquistato bella merce: su, vuota la sacca!" disse un bandito.

"Non vi darò un bel niente, io i miei soldi me li sudo lavorando la terra, non derubo donne incinte e indifese come voi, luridi bastardi!" rispose l'uomo alzando la falce minacciosamente.

L'aggettivo *indifesa* riferito a lei le dava più fastidio del senso di impotenza che provava in quel momento. Si morse un labbro ripensando a come avrebbe sistemato tutto con una pugnalata ben assestata se fosse stata in forma come un tempo, nella sua corazza scintillante. Apprezzò però il coraggio dell'uomo temendo ora il peggio. I due si stavano alterando e con un rapidissimo movimento uno dei due strinse un laccio intorno al collo dell'uomo che lasciò cadere la falce a terra mentre diveniva paonazzo.

"Ecco cosa succede a fare l'eroe," disse uno dei due, "e smettila di frignare tu, vecchia!" rivolgendosi all'anziana donna che inginocchiata pregava che non facessero loro del male.

Il giovane si contorceva e, forse in un tentativo ingenuo di liberarsi, diede un calcio al bandito che gli stava davanti. L'effetto fu disastroso: di risposta gli sferrò un pugno nello stomaco mentre l'altro, stringendo di più il laccio, lo strangolò quasi.

"Pietà, pietà," pigolava l'anziana e Lidya impietrita respirava velocemente cercando di farsi venire una buona idea. Si abbassò, prese un sasso e lo lanciò verso uno dei due. Lo mancò e si maledisse.

L'uomo, che oramai non respirava più, si sganciò dalla cintola un sacchetto tintinnante pieno di monete e poi perse i sensi. Il bandito che lo teneva con il laccio lo lasciò andare, l'altro, zoppicando per il calcio, in un impeto di rabbia e follia si scagliò contro l'uomo svenuto e lo colpì al petto con il pugnale, una, due e più volte sotto lo sguardo sgomento di Lidya e le urla dell'anziana.

"Cosa stai facendo, idiota?!" gli urlava addosso l'altro. "Che bisogno c'era di ucciderlo, sei uno stupido idiota!"

"Ha osato darmi un calcio, ora zoppico, guarda!" piagnucolava l'altro con le mani sporche di sangue.

Lidya, che ora si rendeva conto dell'idiozia e della follia dei due, iniziò ad aver davvero paura. Il suo primo maestro le diceva sempre: "Temi gli stolti perché sono imprevedibili, gli abili invece puoi provare a combatterli". Non ebbe il tempo però di pensare a un piano perché i due se la diedero a gambe temendo l'arrivo di qualcuno, o peggio, delle guardie di ronda della vicina capitale.

Sole, e con un uomo morto ai piedi, le due si guardarono.

"Il mio padrone, ora cosa faccio?" irruppe l'anziana singhiozzando accanto all'uomo riverso a terra in una pozza di sangue.

"Intanto lo caricheremo sul cavallo e lo porteremo al tempio della Signora, così che i miei maestri sacerdoti possano prendersene cura. Se non delle sue carni almeno della sua anima. Su, donna, dammi una mano, è bello robusto."

La donna annuì imbambolata alle parole decise di Lidya che almeno aveva conservato, degli anni da guerriera, la freddezza e la prontezza di spirito dinnanzi a morti e feriti.

Insieme caricarono il corpo e lo condussero al tempio sul mare consacrato alla Dea degli oceani. Non vi fu nulla da fare se non onorare il corpo e pregare affinché i suoi dèi conducessero lo spirito nel luogo di eterna pace. Lidya partecipò alla funzione con solennità e poi tornò a confortare l'anziana che mai aveva smesso di piangere.

"Avvertiremo la famiglia, dimmi dove stavate andando," le ordinò.

"Non lo so... io... so a malapena il suo nome. Era venuto a prendermi per portarmi a casa sua, sua moglie aveva bisogno di una balia e io dovevo lavorare per loro... ora cosa farò? Dove andrò?" disse disperandosi l'anziana donna.

"Sei brava coi bambini?" le chiese Lidya.

"Ho cresciuto undici fratelli, di cui due mezzelfi," rispose impettendosi e riprendendo colore in volto, come se ciò che aveva appena detto corrispondesse a una qualche sorta di medaglia al valore. In effetti, pensò Lidya, crescere undici bambini non doveva essere stato semplice.

"Bene, allora verrai con me, ho bisogno di una balia anche se pensavo a una ragazza giovane... ma magari l'esperienza... Ho deciso, verrai con me, te lo devo. Se fossi stata meno imbranata avrei potuto evitare la morte al tuo padrone."

"Oh signora, voi siete troppo buona," le disse prendendole le mani e baciandole.

"No, no, non sono affatto una signora, chiamami Lidya e lascia stare le mani," disse con tono tra l'imbarazzato e l'infastidito.

"Come ti chiami?"

"Ivanna, signora, ehm… signora Lidya!" rispose.

"Ah, lascia stare, chiamami come ti pare, basta che tu sappia fare il pane, accudire un bambino e rassettare una casa. Ti darò da mangiare, da dormire e soldi che spenderai come vorrai ma verrai al nord, nelle terre dei clan, con me."

L'anziana sgranò gli occhi.

"Nelle terre fredde? Dove le donne combattono vestite solo di pelli e sacrificano animali vivi agli dèi della terra? Oh Dea, io… non so," esclamò con aria spaventata.

Lidya socchiuse gli occhi e disse: "Mi sembra che tu non abbia alternative se vuoi lavorare. Avanti, vedrai che il nord ti piacerà, si sta bene, sai… sono burberi ma è brava gente e ti accoglieranno come si deve".

"Va bene, signora Lidya, verrò e… vivrò con voi e vostro marito?" le chiese.

Lidya divenne verde quasi, dalla rabbia, e fece un gesto vago e veloce ricordando i recenti litigi col padre di suo figlio, quello che fino a poche settimane prima era il suo compagno. "Io sono moglie e marito insieme, col tempo scoprirai che io basto e avanzo in una casa. Su, cammina ora, voglio tornare al nord prima di sera," e così dicendo, con fare autoritario, si incamminò verso le terre innevate seguita a un passo di distanza da Ivanna, tonda e rassicurante così come timida e paurosa. Il vento stava cambiando e presto sarebbe sorta la nuova luna.

XVI

"Mio nonno avrebbe voluto che partorissi sola nella neve se fossi stata in vita, come le antiche Valchirie. Bene, eccolo accontentato!" urlò Lidya mentre si sedeva a terra, sulla neve, tenendosi il ventre pesante.

"Non siete sola, signora Lidya, ci sono io!" le disse Ivanna stizzita e con aria offesa.

"Uhm, hai ragione, mia buona amica; le doglie mi fanno dire cose sconnesse, perdonami," le disse con un sorriso colmo di sofferenza.

"Anzi meglio così, altrimenti avrei dovuto prendere a bastonate in testa tutti quegli sciamani del nord che avrebbero voluto assistere e lanciare premonizioni e invocazioni a destra e a manca, atteggiandosi tanto mentre è chiaro che di donne e di parto non ne capiscono nulla," borbottò Ivanna mentre si apprestava ad accendere un fuoco vicino alla tenda di fortuna che aveva montato. "Le donne partoriscono con le donne! Così fece mia madre con tutti i suoi nove figli e poi la mia matrigna coi suoi sei e così farete voi! Siete di tempra forte, signora, e io so il fatto mio. Ah!"

Lidya avrebbe tanto voluto ridere alle espressioni volitive e curiose della donna, ma il dolore glielo impediva e accettò di essere condotta sulle pelli dentro la tenda. Si adagiò con sollievo e lasciò fare a Ivanna che in quegli ultimi mesi era stata amica, madre e confidente. Si fidava ciecamente e sentiva che una grande forza le stava invadendo mente e corpo. Era pronta, suo figlio sarebbe nato quel giorno.

Ivanna preparò acqua calda, bende pulite e sistemò pellicce e mantelli ripiegati dietro la schiena di Lidya per farla stare il più comoda possibile. Le due donne si guardarono negli occhi, la più anziana prese le mani della partoriente tra le sue e le diede coraggio. Un urlo squarciò il silenzio dei boschi innevati, poche ore dopo la grande sfida di Lidya era conclusa. Tra le braccia stringeva la nuova vita, la sua.

"Ah, sono proprio bellissimi! Guardate, signora, la piccola assomiglia a vostra madre," disse Ivanna porgendo un piccolo fagottino a Lidya.

"È vero, ma mi porterà solo guai! Le femmine portano guai e guarda questa com'è delicata e piccina. Non combatterà mai adeguatamente," disse Lidya mentre un velo di preoccupazione le incupiva il volto stanco ma sorridente.

"Il mio guerriero, invece, guarda che braccia forti!" disse alzando il maschietto con aria fiera.

"Ha gli occhi di suo pa…" cercò di dire Ivanna ma Lidya la fermò subito.

"Non dire un'altra sola parola, vecchia! Ha gli occhi di mio padre! E le mie spalle! Null'altro da qui e per sempre, intesi?" ordinò con tono secco ma l'espressione amareggiata.

Ivanna annuì e si sedette accanto a Lidya tenendo in braccio la femmina. Le due donne osservarono i gemelli appena venuti al mondo e si abbracciarono con affetto reciproco.

Più tardi Lidya li condusse al tempio sul mare del suo villaggio e lì intonò un canto di benedizione perché la Signora delle Maree proteggesse i suoi due figli. Invocò la Dea e la ringraziò per il dono che le aveva fatto. Si sentiva forte, rinata, completa.

Guardò l'anziana balia e le disse: "Ora tocca a noi farli crescere forti e sereni. La Dea ci ha dato il suo favore, ella è vita, sfida, furia, e forti onde che cullano," poi sorrise. Era il tempo di tornare, per troppi mesi aveva lasciato che ogni cosa scorresse, anche contraria alla corrente.

Troppe volte aveva taciuto, aveva permesso ingiurie, offese, aveva lasciato correre, aveva osservato gli stolti giudicare senza sapere, e i vecchi blaterare scempiaggini, solo perché era una donna, senza alcun livello nel clan e senza un marito che le desse una posizione. Ma lo aveva fatto per i suoi figli, perché crescessero tranquilli nel suo grembo, quando ancora non immaginava fossero in due. Ora doveva reagire per loro e per il futuro.

Si incamminò con Ivanna e i due piccoli ancora senza nome. Le tornò in mente il volto rassicurante e benevolo della sacerdotessa che l'aveva iniziata alla vita del tempio, al servizio della Dea Guerriera, quando qualche sera prima l'aveva benedetta e confortata. Si sentì finalmente sicura di ogni cosa. Il suo destino era compiuto, avrebbe servito la Dea dimenticando finalmente Varian e conquistando la sua giusta posizione nel clan come madre e guerriera.

Finalmente come Lidya, una donna, semplicemente.

Sentivo un sapore amaro in bocca, la lingua si rovinava a contatto col palato. C'era il mare in quel sapore, salato e aspro, e c'era incenso e foglie secche bruciate. Ancora la mia mente non riusciva a staccarsi dal pensiero di Lidya, la donna soldato, la sacerdotessa, madre e Valchiria. E infine donna. Pregna di scelte e di rinunce aveva scucito un abito per farne di nuovi. Provai a dire qualcosa, forse desideravo capire che fine avesse fatto Ashite e la vendetta o perché alcune cose si lasciano andare per strada, perdendo il senso. Volevo risposte e mentre quel mare, che per tanti anni era stato esistenziale per me, per i miei viaggi dell'animo, perdeva d'interesse, mi rendevo conto che potevo staccarmi da tutto, conservare solo l'essenziale. Perdere il superfluo. Io avevo inseguito e poi stremata mi ero addormentata, ai piedi della mia stessa vita, in attesa di un risveglio migliore.

Cercai di stringere il pugno ma non vi riuscì. Acqua mi lambiva ancora le membra… un senso di torpore improvviso mi fece dimenticare della mia corporeità.

E fu il bosco, l'odore di muschio, a farmi cercare lontano da me stessa.

La ali del drago

Le foglie più secche scricchiolarono sotto il suo lieve peso, i rami bassi si scostarono all'incedere lento della figura tra alberi neri come notte, ombre verdi coperte dal velo del buio dopo il tramonto. Gli occhi sereni scrutavano senza timore ciò che conoscevano bene per nascita e per vita.

Quanti anni erano passati, si chiese l'elfa che camminava nei boschi vicino la lucente città elfica Lòmelinde, dall'ultima volta che aveva varcato quelle mura così alte e così salde?

"Lòmelinde," ripeté come in un sussurro che si perse tra gli aliti di vento notturno.

Serena e dolce di pace, adagiata sulle acque come fiore, Aina l'aveva rivista e l'aveva attraversata con timore, con rispetto, come si fa con le cose che non si vogliono disturbare e si desidera durino per sempre. Ne sentiva il bisogno sempre più spesso nelle ultime decadi della sua vita, di lasciare i boschi e le sue radici e cercare i silvani, gli elfi, i fratelli.

"Fratelli..." Il suono parve un canto, leggero e inafferrabile come rugiada che scivola via da verdi foglie.

Il bosco si richiudeva fitto alle spalle dell'elfa vestita di sola stoffa leggera sulle membra esili. I piedi scalzi superarono ruscelli e piccole radure e infine l'albero, la grande quercia ove Aina riposava ogni notte da così tante decadi. Le radici sporgevano dal terreno come braccia che la invitavano e lei accolse l'invito rannicchiandosi a terra contro il ruvido tronco. Le fronde più alte parvero aprirsi agli occhi della giovane creatura dei boschi, un istante o forse un'eternità e Aina sognò stelle e nuvole nuove su un cielo che già conosceva.

"Hai varcato le mura, mio piccolo fiore?" La voce dell'elfo anziano arrivò come carezza inaspettata alle sue orecchie.

"Sì."

L'elfa lo guardò amorevolmente e gli sfiorò il lembo della veste verde che copriva le gambe scarne. L'elfo le si sedette accanto appoggiando un bastone nodoso contro la corteccia della quercia. Gli occhi di Aina divennero più limpidi del solito mentre con iridi azzurre osservava i tratti del volto dell'elfo dalla pelle sottile.

"Ho parlato con un elfo e forse con un umano... non saprei, non ne ho mai veduti, ma era gentile," ridacchiò l'elfa con aria quasi colpevole.

Lui la guardò con affettò e le scoprì il volto dalle ciocche di capelli che lo adornavano. "La Quercia ti richiamerà sempre, mio piccolo fiore, ma la tua vita deve abbracciare anche i tuoi fratelli, è la Dea che lo vuole. Condividi con loro l'equilibrio e la meraviglia del creato. E quando sentirai la mia mancanza torna, io e tutti gli altri druidi di questo bosco staremo qui ad attenderti," disse lui accarezzandole le guance.

"Sì, maestro... ma credi che potrò mai vederla? Dicono che sia così bella e saggia la Regina."

"Chi può dirlo? Forse sì, presto, o forse no." Le parole dell'elfo sembravano divertite e allo stesso tempo profondamente consapevoli. "Non devi aver fretta, come non devi averla di farti ascoltare dalle fiere dei boschi o dai destrieri. Tutto accade quando è il suo tempo. E cos'è il tempo per un elfo dinnanzi all'eternità? Il battito delle ali di una farfalla o il lungo divenire adulto di un albero per noi sono la stessa cosa, per noi che vediamo lunghe ere e meravigliose nAshite e poi morti."

Lei lo guardò a lungo senza dire nulla e poi ne cercò il contatto come una figlia col padre.

Nel buio del bosco due figure si unirono in un abbraccio che sapeva di eterno legame.

Nella mente dell'elfa la luce dell'Albero Sacro venerato da tutti i druidi prese forma e comprese che presto avrebbe attraversato le porte di una delle città elfiche alla ricerca della sua strada, ma non riusciva ancora a comprendere quale sarebbe stata la spinta naturale che, come foglia accompagnata dal vento, l'avrebbe adagiata nel nuovo letto del suo lento scorrere.

"In un solo giorno hai cambiato la mia vita così come farebbe il sole con una corolla ancora dischiusa."

La giovane elfa guardava il volto maturo e sereno dell'elfo con ammirazione mentre gli parlava.

"Ora che ti conosco la mia Quercia, dove riposo da sempre, mi par così lontana..." disse lei con un sussurro lieve.

"Puoi rimanere qui, coi tuoi fratelli, Aina," le aveva risposto lui con tono calmo.

"Sì, fratello, ma voglio raccontare al mio Maestro dei boschi, non è ancora il tempo. Tornerò alla Quercia."

E così lo salutò. Una carezza più lunga del solito a Naur, il cavallo che un elfo le aveva affidato e che docile la seguiva, e poi correre a perdifiato per boschi silenziosi attenta a non impigliarsi la veste nuova che un'elfa le aveva cucito.

Mentre gli occhi vagavano alla ricerca del solito sentiero, Aina faceva fatica a contenere dentro sé tutto quello che in una sola sera aveva veduto. Le meraviglia di Lòmelinde, i luoghi storici, le alte stanze di cristallo e foglie, le torri silvane delle sentinelle, gli alberi antichi e saldi, il ritrovo dedicato alla Dea e poi Rilma, la città nascosta dei druidi del Consiglio, lì dove non era mai stata. Sentirne il profumo intenso di frutta e muschio, scorgerne le bellezze raffinate rispecchiate in uno stagno dalla strana leggenda, sfiorare le sue antiche pietre... Chiuse gli occhi di scatto come se quelle immagini potessero rimanere imprigionate negli occhi e si inginocchiò a terra. Le mani toccarono l'acqua pulita di un ruscello e si dissetò. Le gote divennero rosse al ricordo del sidro di mele che le aveva inebriato i sensi e della stanza che girava, si lavò il viso con cura e riprese il cammino.

Quando Nolmo le aveva indicato la strada per l'Antico Albero Dorato, la leggendaria pianta dove era apparsa la Dea, Aina credette di sognare. Il palazzo della luminosa Regina, i rampicanti sulle costruzioni di legno e i volti solenni delle guardie silvane le diedero la sensazione di essere piccolissima e così passeggera. Quella stessa sensazione era solita dargliela solo il suo Maestro del bosco quando le mostrava il potere verde delle invocazioni o le rivelava i segni delle pietre. E ora camminava silenziosa, in mano quel bastone rigoglioso di germogli vivi, avvinti intorno al legno scuro e a sfiorarle le dita lunghe e bianche. Il dono di Nolmo, il suo vecchio bastone, l'aveva chiamata allieva e le aveva fatto vedere la forza della magia bianca che lui chiamava natura.

Quando l'elfo si era mutato in un drago l'elfa aveva avuto un moto di timore immotivato, scorgere dinnanzi a sé una creatura così antica e misteriosa la disorientava, anche se sapeva che in sé vi era l'elfo che fino a poco fa le aveva fatto da guida per le terre elfiche. Vederlo poi accasciarsi a terra per lo sforzo mentale e fisico del mutamento l'aveva fatta vacillare.

È quello che realmente voglio?, si chiedeva mentre cercava di aiutarlo a rialzarsi.

"Scegliere una strada..." si ripeté scorgendo in lontananza il luccichio degli spiritelli notturni delle foreste. La Quercia era vicina.

"Hai delle nuove bacche tra i capelli, mio piccolo fiore, e abiti da silvano elegante."

Il Maestro era dinnanzi alla Quercia immutabile nell'espressione ma parve sorriderle con gli occhi.

Aina si sentì quasi colpevole, indossare e tenere con sé cose che non erano parte di tutto quello, che non erano parte di ciò che l'aveva fatta crescere.

"La tua veste l'ho sempre con me," si affrettò a dire l'elfa, col timore di averlo ferito e cercandola nella sua sacca di arbusti intrecciati.

L'elfo le fermò le mani e le accarezzò il volto. "È giusto così, Aina, mia amata fanciulla. Sono doni dei tuoi fratelli, onorali indossandoli con la tua giovane grazia." Poi l'elfo spostò lo sguardo sul bastone. Qualcosa parve turbarlo, ma fu solo un istante e poi tornò a guardarla amorevolmente.

"Riposa ora, domani voglio che tu scorga il levar del grande cerchio di fuoco insieme a me. Devo tenerti un'importante lezione."

Lei annuì e si rannicchiò nel suo giaciglio, la voce di lui le parve incerta. Chiuse gli occhi e lasciò che sogni e ricordi di quell'incredibile sera si mescolassero cullandola nel dolce sonno.

L'elfo anziano la osservò addormentarsi prima di incamminarsi per il silenzioso e antico bosco.

Un canto malinconico che narrava di partenze e di crescita, inneggiando il volere della Dea, si fuse con il lieve fruscio del vento tra le fronde.

La nebbia saliva dalla terra umida come alito di leggendaria Dea che sfiora le sue creature e le foglie degli alberi in un umido abbraccio. Le goccioline più dense scivolavano da alcuni ramoscelli mentre le foglie secche con scricchiolavano più e un odore di umido mistero avvolgeva ogni cosa rendendo il bosco quasi oscuro, tetro o semplicemente inusuale.

Aina non si accorgeva neppure della nebbia, aveva visto talmente tante albe così in quel bosco dove per quasi duecento anni aveva vissuto, sognato, sperato, imparato… Rimase seduta sul masso accanto alla cascata osservando lo scrosciante precipitare dell'acqua, sempre nuova, sempre libera, sempre lì. Le felci più verdi brillavano alla tenue luce del primo sole, gli occhi dell'elfa, distanti e freddi come pietre turchesi, fissavano senza guardare i rivoli d'acqua più vicini a sé stringendo le ginocchia al petto.

L'inquietudine dell'animo le aveva impedito di riposare, la Quercia e il suo abbraccio non furono sufficienti a chetare i suoi tormenti. Aina, creatura fatta di pura luce, quella sera aveva conosciuto il dubbio. Serpentino e silente si insinuava in lei, imponendole riflessioni che non era solita fare. Lì dove tutto era sempre stato scandito da albe e tramonti, piogge e venti, stagioni regolarmente alternate, lì dove la cosa più difficile da scegliere era il canto da innalzare alla Dea o la bacca da assaporare per prima, lì le veniva chiesto di scegliere.

La magia bianca, lo studio, i mantra così difficili erano cose nuove per lei, scoprire di fratelli che compivano scelte differenti, vivevano in luoghi distanti, quasi come due stirpi lontane, le turbò l'animo.

Lòmelinde… Rilma…

Aveva ascoltato le conversazioni di due elfi di cui percepiva il grande potere magico, due esempi da imitare, due guide, entrambi interessati al percorso della giovane. Le parve di scorgere divergenze e sguardi troppo lunghi che spesso vagavano su lei come se con una sola parola potesse porre fine a tutto. E lei era rimasta immobile, come pietrificata, scoprendo che le cose nelle città elfiche non erano così naturali e semplici come ingenuamente le erano parse.

Non era il divenire naturale delle cose, non erano le chiare albe, non erano le cure amorevoli dei druidi, no, lì nelle due preziose comunità ogni cosa era scelta e sacrificio, via e abitudine. I luminosi elfi erano tutti suoi fratelli ma ognuno con idee a volte distanti, troppo per un solo giorno, troppo per un'elfa che mai si era posta il problema di scegliere, di fermarsi, di abbracciare questa o quella teoria.

Eppure entrambi gli anziani elfi le erano sembrati così sicuri, infiniti, saggi, tanto da non comprendere perché mai in fondo fossero così differenti.

La sacralità dell'uno, la fierezza dell'altro. Il Verde e l'Azzurro, il sorriso e la certezza.

I due Maestri.

Chiuse gli occhi, il viso delicato si coprì di maschera buia e triste chiudendo tutto il resto del mondo fuori da sé.

Aina non udì i passi dell'elfo alle sue spalle, ma sapeva che era lì, sapeva che sarebbe giunto in quel preciso istante e quando lui le sfiorò la spalla per lei fu come rinascere. Quella mano, quel tocco, la rassicurarono, lui che in sé racchiudeva il Padre, la Madre, il Fratello e il Maestro, lo Scopo che si prefiggeva, assomigliargli, sentendolo parlare trovò finalmente pace.

"Non sarà l'acqua a darti consiglio oggi, Aina, poiché essa diventa la forma di ciò che incontra. Oggi sarà il fiore del loto a darti la via. Osservalo."

Lui le indicò i fiori dai diversi colori che galleggiavano in uno stagno poco distante dalla cascata.

Lei spostò lo sguardo e osservò.

"Per vivere e divenire così luminosi e colorati hanno bisogno del pieno sole, sembrano galleggiare e farsi trasportare dall'acqua ma non è così. Sotto hanno radici salde affondate nel terreno dal quale traggono il nutrimento, l'acqua è solo la coperta che le tiene protette. Se corrente forte provasse a muoverli essi morirebbero."

I fiori si dondolavano tra riflessi e acqua sotto lo sguardo dei due, bianchi, gialli, rosa, grandi o appena sbocciati, figli di quell'angolo naturale privo di pericoli.

"Tu sarai come fiore di loto, Aina, trarrai nutrimento dalla terra, da ciò che ti ha reso quello che sei, questo bosco, e ti farai proteggere dalle dolci acque della conoscenza dei tuoi fratelli ma non dalle correnti, libandoti del pieno sole della potenza della Dea. Tutto il resto verrà da sé."

Il grande cerchio di fuoco iniziò a bruciare il contorno dei monti lontani, innalzandosi possente nel cielo limpido. I fiori sembrarono inchinarsi al suo sorgere e Aina, come fiore di bosco, si voltò con occhi più intensi verso di esso.

Le parole dell'elfo le svegliarono il calore dell'animo e della consapevolezza, lei si sentì fondere con ciò che la circondava. Non era più elfa e allieva, era bosco ora, creatura della Dea, danza e musica, suono e vento, era parte di tutto quello spettacolo che ogni giorno da ere immemori si ripeteva.

Si alzò camminando verso la cascata, la veste scivolò scoprendone l'esile corpo dalle filiformi grazie, a ogni passo i suoi piedi sembravano divenire parte di terreno e radice, senza voltarsi raggiunse la cascata fino a farsi abbracciare interamente dal limpido potere dell'acqua.

Sembrò trasparente l'elfa, per un istante, e poi luce fino a fondersi con l'acqua stessa.

Gli elementi erano così coesistenti: la terra attendeva, l'acqua cadeva, l'aria era densa e con il sopraggiungere del fuoco del cielo ogni equilibrio venne compiuto.

Il primo raggio di pieno sole illuminò la figura rarefatta dell'elfa. La Natura l'accolse tra le sue braccia e lei, in cerca di equilibrio, si fuse con essa senza più alcun dubbio o incertezza.

L'odore di selvatico le stuzzicò le narici, l'elfa arricciò il naso senza aprire gli occhi. Quella zona di Lòmelinde, dove aveva passato gli ultimi cicli di luna, lontana dalla Quercia, era riparata dal vento e l'odore del bosco vi giungeva forte raramente. Fece un grande sforzo mentale per imporsi di aprire gli occhi, la trance meditativa l'aveva avvolta intorpidendole i sensi.

Un lupo dal pelo color ghiaccio la fissava.

Chiari e profondi quegli occhi parevano parlarle.

Aina allungò la mani verso l'animale, cercando di comunicare senza proferir verbo.

Avvicinati, non ti farò male.

Ma lui continuava a fissarla immobile, senza mutar posizione, come un'antica statua scolpita negli eterni ghiacci. Uno strano vento gelido le investì il volto e decise di alzarsi, il lupo allora sembrò destarsi e si voltò verso il sentiero, come se desiderasse esser seguito.

Camminarono così in silenzio per molto.

Il lupo e l'elfa. La fiera e la bambina.

Finché lui si fermò ai piedi del grande albero nodoso che antico svettava a oriente di Lòmelinde. Il fruscio di una lunga veste sul fogliame secco la fece girare attorno al grande tronco cercando… e lo vide. Eterno come tempo, luminoso come fuoco, profondo come lo sguardo che si posò su lei. Era Mindonnar, il più anziano druido ancora in vita dell'intera stirpe elfica, la fissava chiamandola *allieva*.

Quando la mano di lui toccò il tronco del grande albero Aina desiderò imitarlo, istintivamente le parve il modo migliore per toccare l'anziano druido senza farlo realmente, per sfiorargli l'animo, per prender parte a ciò che egli stesso era: potere verde, dea, equilibrio.

Toccò l'albero ma la sua mano parve bruciare, la ritirò scottata mentre la voce di lui le cullava i sensi e lei per un istante credette di vacillare, fino a sedersi, tra quella antiche radici che ora sembravano parlarle per bocca del Saggio.

"Ti ha portato da me il mio messaggero. Ti attendevo." Mindonnar indicò il maestoso albero. "Osservalo, quante storie ha visto questo albero e quanta fermezza nel suo essere." La voce del Saggio sembrava una danza di sensi portata dal vento stesso, profonda e serena. Armonia pura.

"Eppure non è sempre stato così," continuò, "per divenire grande e forte ha dovuto, col tempo, affondare le sue radici nel terreno."

Aina ascoltava ogni parola con attenzione, valutando ogni significato, come era solita fare con le parole del Maestro del bosco, il suo padre spirituale.

"Dunque, mia dolce fanciulla, vi è un grande Maestro che rende le cose forti e salde ed è il Tempo. Esso permette all'arbusto di divenire albero frondoso, alle radici sottili di divenire forti e robuste. Il tempo è il Maestro di ogni creatura ed è a lui che devi affidarti."

Lo sguardo del saggio si posò sull'elfa, rapita da quelle parole. Aina si alzò e con rispettosa grazia raggiunse Mindonnar chinando il capo verso lui.

"Ma non v'è tempo ora, Maestro, troppi malefici affliggono la stirpe dei silvani, l'equilibrio è lacerato, bisogna agire! E io sono così imprecisa, inadatta... il potere della natura non mi appartiene ancora del tutto, la magia bianca mi è estranea, le mie invocazioni sono inutili e io sono così indecisa sulla strada che dovrò scegliere. Tempo, non v'è tempo ora!"

Lui le sfiorò il capo con mani segnate dalle stagioni, eppure così delicate. "La fretta tipica della giovane età non deve farti perdere di vista il punto, lo scopo: crescere. Nulla che venga forzato dal suo naturale essere può divenire ciò che è destinato a essere. Ciò che accade ora è solo un ostacolo, la stirpe lo supererà. Ma ciò non deve interrompere la tua crescita, regolare, mai frettolosa o non avrai mai radici come questo antico albero."

Aina desiderò che l'abbraccio di quelle parole durasse in eterno, desiderò che Mindonnar le facesse vedere esattamente cosa fare, ma sapeva che quel percorso sarebbe toccato a lei e che nessun altro avrebbe potuto farlo al suo posto.

"Beneditemi, Maestro." L'elfa teneva il capo chino. "Infondete in me la benedizione della luminosa Dea, affinché io segua la mia via nel rispetto delle sue leggi e sempre la mia azione possa essere feconda ai suoi scopi. Beneditemi affinché il tempo sia mio maestro e io degna, e paziente, sua allieva."

Mindonnar pronunciò solenni parole e Aina si senti di nuovo finalmente un tutt'uno col bosco, percepì il dolore lacerante delle ferite inferte dai malefici a piante e animali, come se essa stessa fosse corteccia lesa del grande albero dell'equilibrio o anima di ogni creatura boschiva. Si sentì figlia e sorella, mentre la benedizione del Saggio le rafforzava lo spirito consacrato al servizio della Dea.

"Va' ora, fanciulla, va' e rammenta le mie parole. Tu hai un maestro, non ti occorre altro."

Sparì dietro l'imponente albero, lei lo guardò andar via, sentendosi di nuovo sola. Nessun Maestro le parlava da tempo, la lontananza dalla Quercia sotto la quale era cresciuta, il cerchio dei druidi erranti, il maestro di Rilma sparito da tanto tempo, la guida dei maghi bianchi, nessuno, tutti erano sparsi per gli immensi boschi alla ricerca di una guarigione ai malefici che facevano morire lentamente la natura. Mentre lei impreparata e inutile era rimasta nella città di Lòmelinde a pregare al sicuro, con i più piccoli.

Un nodo alla gola le soffocò il respiro ma quando superò la barriera del bosco contaminato da creature malevole, e si ritrovò nel bosco libero e puro vicino al porto elfico, lei si nutrì di esso e si sentì rinascere. Sapeva di aver accanto a sé l'eterno maestro, il Tempo, e come sua fedele allieva, col naturale corso della vita, lo avrebbe onorato crescendo.

Quando scese dall'imbarcazione l'incanto del candore della neve la investì come il vento freddo sulle gote rosa. L'elfa sgranò gli occhi e osservò, il bianco la inghiottiva, i sensi erano intorpiditi dal viaggio ma si destarono sentendo quel profumo, quell'inebriante calma: la neve delle terre del nord.

Si era preparata da giorni, abiti pesanti, gli stivali che non indossava mai, guanti e manto pesante, era un po' che attendeva il momento adatto per accettare l'invito dei fratelli elfi delle nevi, che le avevano offerto ospitalità e guida attraverso le bianche corti dei palazzi di ghiaccio e i boschi carichi di gelido candore.

Aina non era mai stata così tanto lontana dalla Quercia, dove era cresciuta, mai così distante dal suo mondo, ma allontanarsi dal male era stata la soluzione più giusta per non essere di peso ai fratelli combattenti e per rassicurare l'anziano maestro dei boschi impegnato a difendere l'equilibrio. Lòmelinde e Rilma, le principali città degli elfi dei boschi verdi, le mancavano, così come i fratelli. Per così tanto tempo non aveva più veduto il volto di Nolmo, le mancavano le sue lezioni sui draghi e le lente parole sussurrate accanto al torrente puro. Chiuse gli occhi e ricordò ogni cosa, ricordò il senso di pace accanto a lui e l'impossibilità di scegliere, si sentì smarrita immersa in un bianco così sconfinato. Si avvolse nel mantello e cercò con lo sguardo, in lontananza.

L'elfo guida era stato puntuale, l'attendeva fuori dal porto e fu cortese in ogni suo gesto, fiero e orgoglioso delle proprie terre, della sua città. Quando erano usciti dalla stradina del porto lui aveva dato ad Aina il tempo di orientarsi e lei, emozionata, aveva sfiorato i rami di un albero, fatto un profondo respiro e poi seguito l'elfo attraverso sentieri innevati cavalcando lentamente. Dinnanzi alle porte della città ghiacciata, Nenda, i giochi con gli orsi delle nevi, ascoltare le parole della guida sulle tradizioni, i suoi racconti e poi la vista dell'alto Palazzo della Magia Bianca l'avevano riempita di emozioni nuove e incontenibili. E infine la guida si allontanò lasciandola al sicuro nella città, istruendola sui punti principali e indicandole le vie delle abitazioni.

Rimasta sola, l'elfa poté dedicarsi a ciò che le premeva di più: la ricerca del potere della Dea e la conoscenza in quelle terre.

Lasciò che lo stalliere si occupasse del suo destriero, camminò silenziosa fino al bosco vicino calpestando la neve e inspirando il suo buon odore poi, chiudendo gli occhi e recitando il giusto mantra, era divenuta pantera, la sua forma preferita, la sua prima affinità con il verde potere. Correva la pantera nera contro quel bianco infinito e candido, fino a non aver più fiato, inebriata dal freddo e dalla luce, finché esausta si fermò e osservò tornando elfa.

Ebbe la fastidiosa sensazione che quella neve coprisse il verde della Dea e il suo potere, che rendesse la natura stessa addormentata e lontana, sentiva la Dea a tratti, tra un soffio di vento gelido e l'altro e se ne rammaricò. Poi qualcosa lontano attirò i suoi sensi sviluppati: era un branco di lupi delle nevi.

Aina si avvicinò, lenta e delicata ma il branco la circondò emettendo un suono rauco, un ringhio che divenne rabbioso quando l'elfa aprì le braccia, chiamò il potere e si mutò in lupo.

Occhi negli occhi, l'azzurro selvatico del capobranco si fermò nel blu intenso di quelli dell'elfa in forma di lupo. Lo scambio di sensazioni, il pensiero, l'istinto, erano l'uno di fronte l'altro e finalmente Aina avvertì ciò che cercava: la Dea era lì, in quello sguardo, in quella creatura figlia delle nevi, nel lupo signore e padrone dei monti.

Non le serviva altro, mormorò in elfico poche parole e si rialzò, esile ma fiera, elfa in mezzo ai lupi che ora mansueti la attorniavano.

Le nevi le avevano rivelato il volto bianco della Dea e il freddo ma possente potere del vento del nord.

Si fece buio presto e Aina riprese la via per la città elfica ghiacciata. Quando attraversò i cancelli alti e cristallini venne investita dal calore delle fiaccole di fuoco blu che illuminavano la via principale dandole un'immagine eterea e rassicurante. Cercò il ricovero dei viandanti ma si perse tra strade tutte uguali e regolari, lucide di ghiaccio e ordinate. Si sedette stanca e infreddolita su una panca marmorea e osservò il cielo stellato. Un'ombra alata attraversò la volta buia frapponendosi fra il suo sguardo e le stelle, l'elfa osservò curiosa e con un po' di timore, l'ombra tornò a volare sopra di lei vorticosamente, avvicinandosi e lei, con stupore, scorse un meraviglioso drago dalle bianche scaglie.

Lentamente la creatura scese fino alle torri della città, le superò sbattendo le larghe ali, il collo si allungava guardando tra vicoli senza che l'elfa lo perdesse mai di vista. Poi i loro sguardi si incrociarono e il drago candido si diresse con sicurezza verso l'elfa soffermandosi a mezz'aria. Aina dischiuse le labbra, il vapore le uscì dalle labbra sottili vagando e disperdendosi fino al drago. Lui appoggiò le zampe artigliate e la fissò in silenzio richiudendo le ali attorno al corpo. Le sembrò di trovare negli occhi di quella creatura tutto il sapore di quelle terre, la storia protetta dal freddo e le leggende degli elfi del nord. Il drago emise un lunghissimo verso acuto e si accucciò a terra, pochi istanti dopo al suo posto apparve un elfo avvolto in un mantello candido e luminescente. Era Nolmo.

L'emozione strozzò ogni frase o suono nella gola dell'elfa. Il tempo non le era mai parso così impietoso durante la sua longeva vita come in quegli ultimi cicli di luna, così lenti, infiniti, così assenti di lui. Si alzò dalla panca velocemente e gli corse incontro ma, appena lo raggiunse, si fermò, con timido rispetto.

"Che gioia vedervi, maestro dei druidi antichi di Rilma," disse l'elfa inchinandosi un po'.

"Non chiamarmi così, Aina, o mi farai apparire più anziano di ciò che sono, in fondo non sono stato ancora iniziato al circolo degli antichi, sono troppo giovane." La voce dell'elfo era lenta e calma, gioia e serenità si intravedevano nei suoi occhi verdi come bosco rigoglioso.

Fu lui ad avvicinarsi, a togliere le distanze tra i due, e le sfiorò le spalle con le mani.

"Abbiamo scacciato il malevolo potere, il bosco è salvo e fra una stagione rivedremo germogli nascere e nuovi cuccioli venire alla luce. Volevo che lo sapessi, Aina, volevo che lo sapessi da me."

L'elfa sorrise, un senso di pace le scaldò il profondo del suo animo rendendola euforica, piena di energie naturali.

"Speravo di trovarti ancora sveglia, debbo parlarti." La voce di lui era divenuta seria e il tono un po' più veloce.

La giovane elfa si limitò ad annuire e prese a seguirlo tra le vie di quella città che Nolmo conosceva bene, spesso si recava lì per impartire lezioni ai più giovani druidi bianchi.

Camminarono in silenzio per diverso tempo finché la locanda dei viaggiatori apparve dinnanzi ai loro occhi e i due elfi trovarono riparo nelle sale decorate e calde di fuoco e accoglienti saluti elfici. Trovarono facilmente posto, la notte era avanzata e pochi erano gli elfi ancora svegli.

Nolmo la aiutò a sfilarsi il mantello pesante e pieno di neve, poi le si sedette accanto e iniziò a parlare, mentre un'elfa portava loro involtini di felci e succo di acero caldo.

"Questi ultimi cicli sono stati difficili per tutti noi, la lotta, le preghiere e la resistenza ci hanno tenuto lontano da ogni cosa che non fosse la difesa dell'equilibrio. Le città elfiche si sono unite, come fratelli di un'unica stirpe sono tornate alle origini unendosi e riscoprendo il piacere dell'unione. Sono state unite le scuole di pensiero druidico e di magia, questo periodo infausto in fondo ha portato agli elfi nuova vita, sono felice." L'elfo fece una pausa bevendo dello sciroppo senza smettere di fissarla.

Aina non perdeva nulla di lui, un solo sguardo, un solo gesto, ogni parola, come un dono prezioso, come momenti attesi di rinascita. Si sentì al sicuro e confortata da tutte quelle notizie.

Poi lui, con un nuovo sorriso, riprese: "Anche per te non è stato semplice stare lontana dai fratelli, sentire il peso delle tue ancora giovani conoscenze druidiche e l'impossibilità di aiutare. Ma sei stata forte e grande è stato il tuo aiuto e conforto ai più giovani nelle città, nei templi, il tuo maestro del bosco è molto fiero di te, e anche io".

Le gote dell'elfa divennero rosse, vaghe macchie scarlatte nel latte liscio della sua pelle.

"E vedi... in quei lunghi giorni, quando l'oscurità premeva sul mio animo succhiando ogni energia e forza, vi era una sola luce che riusciva a ridarmi potere, quando anche le preghiere alla Dea non bastavano più, e quella energia era il ricordo del tuo volto e della tua meraviglia quando scoprivi le nuove conoscenze che ti insegnavo."

Nolmo si fermò, guardò il resto della sala oramai vuota e bevve tutto il suo succo d'acero, un solo lungo sorso, mentre l'elfa in silenzio si nutriva di ogni parola. Poi lento riprese: "Ma non era l'allieva che sosteneva la mia battaglia, era l'elfa".

Le mani di lui presero con delicatezza il volto di Aina e a lei parve di sentire il calore di ogni insegnamento, di ogni alba e tramonto alla Quercia, le rassicuranti attenzioni del maestro del bosco e la fiamma viva del potere della dea. Desiderò di essere ghiaccio e fermarsi così per l'eternità, per ogni lungo istante del suo divenire, scorrere come ruscello puro e fondersi ancora con l'acqua divenendo poi consapevole fiera del bosco ammantato di buio.

"Dovrai compiere una scelta e abbracciare una scuola, conosco la tua indecisione, i tuoi tormenti, l'immenso amore per ogni fratello della stirpe e la volontà di apprendere ogni conoscenza, e ciò che desidero è che tutto questo non condizioni nessuna delle tue scelte, ma voglio che tu sappia che ogni parte del mio essere appartiene a te e che quando sono tornato alla cascata di Rilma e ho ammirato la sua purezza ritrovata nulla era più perfetto, perché nelle sue acque mancava il riflesso del tuo volto, accanto al mio."

Il volto dell'elfa, avvolto dalle mani amorevoli dell'elfo, divenne morbido intento di sentire e abbracciare, chiuse gli occhi liberando le sue gemme cristalline dalle lacrime che le scivolavano lente sulle guance.

L'elfo comprese e non vi fu bisogno di parlare o di spiegare, ogni cosa ebbe il suo equilibrio, l'uno tra le braccia dell'altro.

Il fuoco azzurro della notte li scaldò fino all'alba tra sogni e decisioni, e quando giunse il mattino Aina aveva finalmente sentito chiara la spinta, quel dolce vento che avrebbe dovuto accompagnarla nel suo nuovo giaciglio, e che quella notte finalmente le si era rivelata mano nella mano al fianco del giovane elfo che, signore dei draghi, la abbracciò come elfa e come allieva, fino alle porte di Rilma, dove saggezza e tempo lentamente avrebbero rivelato loro le giuste vie da percorrere insieme.

Terra

Trema e nutre, riprende e restituisce
imprigiona e brulla accoglie
passi custoditi in un grembo di eterno divenire.

Rotolò lontano da me un ciottolo grigio calcareo, tata Lia si chinò pesantemente per afferrarlo, accigliata e molto contraddetta. I suoi occhi indagatori frugarono nel profondo dei miei e vi cercarono l'acqua che ora appannava la mia vista. Perché improvvisamente piangevo?

Il tè era insopportabilmente caldo, cercai di appoggiare la tazzina sul suo piattino ma la giovane mi fece segno con la testa di non farlo. Sul fondo della tazza c'era il disegno di un albero, le sue foglie svettavano come in crescita improvvisa verso il mio volto.

"Se vuoi posso mandargli un messaggio sul cellulare, anche se dubito che dall'aereo lui possa riceverlo, però una volta a terra saprà che stai bene," disse la giovane mentre serviva del tè anche per se stessa.

"No!" l'apostrofò l'anziana donna. "Non è ancora il tempo per le questioni materiali. Che attenda."

Non riuscivo a ricordare di cosa stessero discorrendo, sapevo che mi riguardava, qualcuno in volo lontano forse mi cercava, eppure nulla di tutto questo sembrava appartenermi. L'albero nella tazza mi avvolse completamente il volto, desiderai ancora una volta bere ma non vi riuscì. Le mie spalle divennero pesanti, avevo bisogno di riposare, non mi ero mai sentita così stanca in tutta la mia vita. Ed ero davvero stanca di tutto quello che avevo vissuto. La vita stessa era divenuta pesante.

Un intrico di rami, foglie e poi dolore, lancinante, ancora una volta, negli occhi. Cieca mi dimenavo immobile sulla sedia di un tinello sconosciuto. Delle pietre vennero gettate a terra, sul pavimento di ceramica. Ruzzolarono ovunque, potevo sentirle. Tata Lia iniziò a parlare in una lingua a me incomprensibile mentre sentivo distintamente il rumore del cucchiaino che girava nella tazza della ragazza seduta accanto a me.

Il cupo suono di un corno in lontananza mi fece sobbalzare, il sangue iniziò a scorrere veloce nelle mie vene, caldo mi avvolgeva insieme a un'irrefrenabile voglia di movimento, di lotta, di fatica. Desiderio di consumarmi. Tata Lia mi chiamò col mio nome, o forse con un altro, ma fu così solenne da indurmi al silenzio, nonostante la voglia di urlare per il dolore nei miei occhi. Pian piano quella sensazione divenne piacere, morbide le mie membra cedevano alla prepotenza di ciò che accadeva: ero divenuta radice stessa di quell'albero e forte mi dimenavo per afferrare il mio posto nella brulla terra che sapeva di umido e pioggia.

Il fiore nero

Camminavamo da giorni e quei due umani sapevano stare al mio passo. Sanno essere intrepidi gli umani quando vogliono.

La somma pattuita per il viaggio non era delle migliori ma mi divertiva molto l'idea di accompagnare degli umani in quel luogo dove, se non ci si muove con cautela, si va incontro a morte certa. I resti di qualche monumento commemorativo ai morti, lapidi, cunicoli. Chissà poi perché alcune razze amano seppellire i corpi lasciandoli preda della decomposizione, della resurrezione demoniaca, che schifo. Le fiamme sono un degno premio per chi raggiunge la morte, la fredda e calda morte.

In fondo però non è da tutti gustare i piaceri della vita, o della morte dovrei dire? Volevano andare nelle cripte scavate nelle montagne e io li guidavo, era lavoro mio conoscendo in lungo e largo ogni zona di queste terre, monti, boschi, infinite pianure, mi muovevo a mio agio, il passo svelto e loro mi seguivano.

Lui un umano strano, forse elfo chiaro in parte, capelli neri, occhi blu, taciturno, poche parole tanti sguardi. Lei una donna piccolina e fragile, sveglia però e con lunghi capelli biondi. Li avevo incontrati appena fuori dalle terre del regno, giravano solitari e cercavano, cosa non l'ho mai scoperto, non mi interessa. Si erano spinti fin lì sperando anche di incontrare un drow, volevano visitare le terre dei morti in compagnia di uno di noi. Chissà perché, non mi importava neppure questo, il drow lo avevano trovato, e io accettai l'ingaggio. Eravamo in viaggio da qualche ora già e nessuno manifestava stanchezza, io andavo avanti cercando i sentieri migliori, non per farli stancare meno, ma per arrivare prima. Volevo vederli di fronte a qualche strano zombie e ricevere la ricompensa. Sostenevano di aver lì una cripta di famiglia dove un antenato della donna aveva fatto sistemare molte monete e gemme. Sarebbe stato mio tutto quel tesoro, forse, se ne avessi avuta voglia. Non mi facevano domande ed era piacevole vedere come non si meravigliassero di nessuna delle mie azioni, anche quelle più spinte per provocarli. Non dicevano mai neppure una parola, neanche quando sgozzai un viaggiatore al quale avevo fatto finta di chiedere informazioni lungo un sentiero polveroso tra colline solitarie. Forse erano abituati, ma che importanza aveva.

La prima sera ci fermammo vicino a un fiumiciattolo, accesi un fuoco e li invitai a riposare vicino a esso. Loro si scambiarono qualche sguardo e accettarono il consiglio senza dir nulla. Erano davvero taciturni. Arrostirono dei funghi colti durante il viaggio e si addormentarono. Io ne approfittai per girare un po' da sola, mi piaceva tanto poter finalmente godere in silenzio la notte, calda e rassicurante e poi avevo fame, di dolore. Sapevo muovermi senza fare rumore grazie agli anni di lunghe traversate, sempre sola.

C'era un alce dietro una roccia sporgente e io lo attesi. Gettai la spada a terra e quando si avvicinò a me mi ci lanciai contro di petto. Sentii le sue corna trafiggermi il ventre. Ah, incredibile piacere di caldo sangue che scorre, una fitta forte, sorridevo a quel cielo buio senza luna e cercavo il pugnale dietro la mia schiena. Nessuna sofferenza per lui, il dolore è degno solo di chi sa amarlo, agli altri morte veloce, senza gusto. Gli tagliai il collo mentre cercava disperatamente di aggrapparsi alla vita, come mai avevo fatto io. Sono maledetta, straordinariamente maledetta dal Fiore Nero, mi tortura di spasmi quando glielo chiedo, nulla di buono può avvicinarsi o nascere con me. Ma cos'è buono? Calde quelle carni ancora vive e pulsanti ma dovevo cuocerle prima, non amo la carne cruda, mi piace il fuoco.

Bruciare.

Tornai verso l'accampamento, loro stavano dormendo e io ancora gemevo di piacere premendomi lo squarcio sul ventre, il torpore irrigidiva le mie mani, presto purtroppo sarebbe passato. Avevo tagliato la carne dell'alce a piccoli pezzetti ed erano tutti infilati in un lungo bastoncino. Solo il necessario per sfamarmi, il resto lo avevo lasciato alla carcassa per eventuali predatori affamati. Bisogna aiutarsi tra amici. E poi la lotta a me, a loro il cibo. La lotta è solo mia.

Rianimai le braci quasi spente e sedetti accanto al fuoco rigirando la carne sul calore, il grasso colava sui carboni provocando frecce e scintille che subito si spegnevano.

"E buona, vero, la carne appena cacciata e calda?" mi chiese la donna che si era svegliata e alzata a sedere sul suo giaciglio di pelli. Mi guardava in modo strano, l'avrei sgozzata volentieri ma non potevo far arrabbiare l'uomo, dovevo prima avere quel tesoro. Mangiai un primo pezzetto, quasi crudo, incandescente, mi bruciai la lingua. Era ottima sì, quel dolore era solo l'inizio del gusto che si impossessava della mia bocca. Forse avrò fatto un gesto che doveva sembrare un invito perché lei mi disse: "No non mangio carne, grazie". Non magia carne, era insignificante quella donna, anche nei gusti. Mi chiesi perché si muovesse verso me come una pantera affamata mentre si avvicinava al fuoco carponi. Non era quello che avevo in mente, la compagnia. La notte è mia, mi appartiene, odio chi mi disturba. Mi fissava mentre mi sporcavo labbra e mento di grasso caldo, di sangue, era davvero ottima quella carne, il dolore sul ventre spariva, perché mi tortura così la mia bella dama? Perché non mi ha fatto meno resistente? La donna non poteva vedere però, il mio sangue si stava raggrumando sotto la fascia di cuoio del mio corpetto, quel dolore era solo mio. Mi stava fissando con insistenza, sorrideva. Come le avrei volentieri graffiato via quegli occhi, rivoltante.

"Come sei bella, la tua pelle sembra quella di una statua, ti osserverei per ore e ore." Mi stava parlando con quella vocina stridula, perché mi guardava come se mi desiderasse? *La faccio smettere subito se non lo fa da sola.* Smisi di masticare.

"Dovete dormire, domani si riparte di buonora se vogliamo arrivare al cimitero prima che il sole sia alto sulle nostre teste."

Va' a dormire, sciocca, inutile donna, dormi e lasciami godere di questi momenti, sola col mio dolore, il sapore, il fuoco.

Lei mi guardò ancora in silenzio e poi eseguì l'ordine, sì perché il mio era un ordine. Si rimise a dormire. Ancora uno spasmo, mi toccai il ventre, sangue, era mio così come quella carne selvatica e calda. Lasciai che ogni mio istinto si chetasse, la fame saziata, il desiderio del dolore languiva ancora tra le mie carni ma chiesi alla notte di farmi dormire e così fu.

Qualcosa mi sfiorò i capelli la notte, l'ho sentito, la mattina il mio squarcio non c'era più, il ventre liscio senza nessun segno. Come era possibile? Non potevo chiederlo ad alcuno. Forse il mio Fiore Nero voleva punirmi perché non avevo ucciso quella donnicciola, perché preferivo possederne il denaro. Vi è tempo però, sto rimandando, Sì, avevo deciso. L'avrei uccisa.

Ci rimettemmo in viaggio di buonora, lui non disse una sola parola al risveglio, ogni tanto guardava lei e le stringeva la mano, un sorriso e poi tornava nel silenzio. Non mi guardava mai. Trovai un passaggio stretto tra due rocce, lo conoscono in pochi, e trascorremmo così diverse ore a percorrere una stretta gola dove non giungeva quasi il sole.

Puntellai con la mia spada su un mucchietto di foglie e muschio vicino a una parete molto liscia, pensai che quelle foglie non erano state portate lì dal vento e non vi erano alberi nelle vicinanze. C'era qualcuno lì vicino ed era appena passato. Camminammo ancora per qualche tempo, lei a volte mi guardava, sorrideva, io la vedevo già morta, non so perché ma aveva la faccia dei cadaveri in decomposizione.

Cos'era il mio, desiderio? Il futuro? Il Fiore Nero? Non aveva importanza. Finalmente aprì bocca quello strano uomo con sangue misto, aveva una voce così bassa: "Lasciatela lì, continueremo il viaggio da soli io e voi," e indicava la donna che gemeva in una buca, una trappola per orsi forse, era caduta ferendosi una gamba. Quelle foglie ecco cos'erano, trappole. Ah, se solo fossi caduta io, il dolore...

"È ferita, arresterebbe il nostro cammino. Oramai siamo vicini."

Com'era freddo, un umano così freddo, strano. Le sorrideva prima e ora la lasciava morire e lei tra le urla insisteva: "Lasciatemi qui, non fermatevi".

Sì, erano gli umani più assurdi che avessi mai visto, disarmanti, ma non potevo permettere che una stupida buca facesse quello che io dovevo fare, io dovevo strapparle quegli occhi, dovevo ucciderla, io, solo io. Fingere, sono brava a farlo.

"Cosa dite? Siete impazzito? Morirà così, la tiro fuori da lì e rallenteremo un po' il passo, so curare comunque le ferite," e srotolai la corda che portavo nella mia sacca, lui mi fermò il braccio con prepotenza.

"No, ho detto. Lei è mia e decido io cosa farne. Tu devi eseguire i miei ordini, ti ho dato un grosso anticipo per questo e altro oro ti attende lì."

"Ordini? Non prendo ordini da nessuno. Fate come vi pare, la donna è la vostra e non toccatemi," gli indicai la mano ancora stretta sul mio braccio. *Perché mi dà del tu? Come mai questa confidenza ora?* Pensai di uccidere prima lui. Poi all'improvviso la donna iniziò a piagnucolare, voleva che la salvassimo non voleva stare lì, chiamava me, urlava il mio nome. Dovevo farla smettere. Mi infastidiva anche il sorrisino di lui, strusciò la sua mano sul mio braccio e poi lo lasciò. Sì, dovevo ucciderli entrambi, prima l'oro però.

Finalmente riprendemmo il cammino, lui e io, in silenzio, le urla ce le eravamo lasciate indietro, il mio nome smetteva di echeggiare tra quelle pareti rocciose. L'ingresso di quelle che chiamano catacombe si vedeva già in lontananza: era un'apertura tra pietre grigie che spezzavano il monotono colore verde dei rampicanti alla fine di una piccola macchia di bosco. Giungemmo lì e ci fermammo.

"Bene, ci siamo, il mio viaggio finirà non appena vi condurrò dentro e vi indicherò la discesa per le tombe, vi accompagnerò fino alla vostra cripta e mi darete l'oro, poi ci lasceremo."

Lui era d'accordo, meglio così. Che nauseante odore, la carne marcia, la muffa, poi un'ombra veloce ci passò attraverso. Sentii dolore sul ventre, finalmente ancora dolore, tutto mio. Eppure la ferita non c'era più, lui mi sorrise ambiguamente, chissà perché. E chissà perché camminava come se già conoscesse quel luogo. Non aveva importanza. C'era troppo silenzio, nessuna presenza e giungemmo davanti a una cripta chiusa da vetri sporchi e opachi. Lui estrasse una chiave scura e lunga e aprì l'ingresso. Dentro c'era solo una pietra rettangolare a terra, sulla quale erano state scolpite due stelle a sei punte vicine. In un angolo una lanterna spenta e coperta di polvere spessa e grigia. Mi fermai sull'uscio e lui entrò, sollevò quella pietra, potevo vedere per la prima volta i muscoli forti delle braccia. Si sollevò una polverina verdognola dalla buca che aveva appena scoperchiato, mi ritrassi, non amavo gli odori dei cadaveri, volevo il dolore, come lo stavo desiderando in quel momento. La mia debolezza.

Lui si chinò a terra e raccolse qualcosa da quella buca, uno scrigno di madreperla. Me lo porse e mi disse sorridendo: "Aprilo, quello che c'è qui è anche tuo". Era mio tutto e lui non lo sapeva.

Potevo prendere lo scrigno e poi spingere lui nella buca, ucciderlo tagliandogli la gola, staccandogli la testa e lasciarlo lì. Gli uomini amano la sepoltura, niente fuoco per lui. Lo scrigno era nelle mie mani, mio, dovevo solo capire cosa ci fosse lì, quanto oro poteva esserci in uno scrigno non troppo grande. Se era stato un imbroglio lo avrei ucciso nel peggiore dei modi, lo avrei strozzato con le sue stesse interiora. Aprii quello scrigno e… no! *Come è possibile, è un cuore, un cuore pulsante, vive! Dannazione, che cosa significa!* Lui era dietro di me, mi cingeva la vita con le sue braccia forti, premeva le mani sul mio ventre con violenza, dolore, piacere.

"Avevi dimenticato il cuore dell'alce, mai lasciare agli avvoltoi il cuore di una preda, non si sa mai cosa ne possano fare."

Mi stava scostando i capelli dal collo e mi baciava mordendo con le labbra. Non potevo resistere oltre, anche se l'insaziabile piacere che si era rifatto vivo nel mio ventre, il dolore, mi immobilizzava, volevo goderne, dovevo reagire, lo dovevo uccidere.

Mi girai veloce e gli puntai il pugnale alla gola.

"Cosa significa? Dov'è l'oro? Parla o ti uccido all'istante."

"No, piccola perla nera, tu non puoi farlo, lo sai, io sono immortale come il dolore che ora ti rende lo sguardo languido, sono quello che vuoi, la dannazione, il tormento. Lei invece quello che non hai, la pazienza, la sottomissione. Lei ti vuole così come vuole me, come io voglio te. Ma tu resterai qui, nel mio scrigno, solo per me perché in te vi sono io oramai," mi disse lui sfiorandomi solo con lo sguardo, il ventre che ora bruciava, com'era possibile?

Fiamme nel mio corpo, dolore, mi consumava e non riuscivo a reagire. Può il Fiore Nero avermi fatto tale dono? Dolore eterno, invisibile, solo mio? Dovevo ucciderlo. Lo scrigno cadde a terra e la madreperla che lo ricopriva si frantumò, quel cuore iniziò a pulsare sul pavimento di pietre e terra. *Tum! Tum!* Pulsava ancora senza sosta, vivo.

"Non provare a ribellarti, Waela, l'alce ero io, quel cuore è il mio, io sono entrato in te, tu hai mangiato la mia carne, goduto del dolore che io ti ho dato. Lei non sa o forse sa, lei ti attende ancora. No non sono un demone, sono il tuo Fiore Nero, ho mille volti, ho mille sentimenti, ho mille corpi, ti ho scelto. Mi appartieni ed è quello che vuoi anche tu. Non urlare, taci," e mi baciò.

A volte osservo il figlio del Fiore Nero che ho messo alla luce e mi chiedo perché sa guardarmi in modo così profondo, sembra beffarsi di me, volermi parlare, ma non dice nulla.

È nato forse senza voce, non piange. Io gli do il piacere più dolce del dolore, incido la sua piccola schiena dorata di pelle liscia e ne bevo il sangue, non so essere madre, ho vissuto ancora troppo poco per fermarmi. Vi sono terre sconfinate che mi attendono ancora lì fuori.

Lontano in una cripta c'è uno scrigno di madreperla rotto, il corpo di uno strano umano già freddo prima ancora che lo trafiggessi e di cui sento ancora il sapore. In fondo a una valle qualcuno sembra ancora gridare il mio nome, mi manca.

Perché ho fatto quel maledetto viaggio? Sì, tanto dolore, piacere, più dell'oro che non ho mai visto, dell'oro che in fondo non ho mai chiesto. Niente è cambiato o forse dovrei dire tutto? Devo andare via, dimenticare quello sguardo e poi quella voce. Il dolore è tutto mio, nessuno può levarmelo, nessuno può prendere nulla di me.

Sì, sono dannata, in ogni posto, nel mio regno, ai piedi dell'Alta Sacerdotessa, nell'arena dove alleno il mio corpo, sotto gli artigli dei felini con cui mi batto per cercarne il sangue. Niente può sottomettermi. Nulla di buono può nascere da me. Non lo racconterò mai però, a nessuno.

Scavavo nella terra e sotto le unghie il fastidioso senso di pieno, di sporco, cercavo in basso scansando pietre e radici. Ringhiavo come una belva perché era l'origine la mia meta, lì nel centro di ogni cosa, dove ogni cosa ha origine. Selvaggia creatura di un mondo sconosciuto, bramavo potere e bramavo oblio, perdermi e sentirmi, viva come chi afferra ciò che tanto cerca e infine trova. Egoista sentivo solo la mia carne, scoppiarmi addosso, esplodermi come una tempesta di sensi. Finché non caddi dentro ciò che io stessa avevo scavato e lì, nel profondo sottosuolo, cunicoli bui che sapevo perfettamente percorrere, mi avvilupparono rendendomi libera, forte. Nuovamente una me stessa.

Prigioniera

"Non puoi passare, è l'ultima volta che te lo dico!"

"Va bene, va bene, non scomodatevi più. Me ne torno sui miei passi."

Non c'era modo di entrare in quella cittadella, la guardia del cancello era irremovibile. Io però dovevo trovare il modo, lì dentro viveva da tempo il vecchio mago di cui parlava la Matrona, dovevo portargli il suo messaggio o il Fiore Nero non mi avrebbe più regalato le sue attenzioni. Il mio dolore.

"Vado via, se mi accadrà qualcosa ora che cala la sera sarà colpa vostra. I boschi non sono sicuri." Sembravo convincente quando cercavo di fare la drow sperduta, eppure la guardia si stava facendo una grassa risata.

"Sei una drow e la notte è il tuo regno. Volevi farmi ridere, eh? Torna sottoterra da dove sei venuta o ti ci faccio tornare io, qui dentro non vogliamo complicazioni."

Alzai le mani in segno di resa e mi voltai facendo qualche passo verso il sentiero che portava al bosco. Decisi però di riprovare ancora, so essere testarda.

"Fatemi almeno la gentilezza di riferire alla Signora di questa cittadella che sono venuta, come lei ha ordinato, ma che voi non mi avete fatto passare."

"Ah sì? E di chi dovrei riferirle?"

"Ditele che il Fiore Nero è stato qui."

La guardia aveva ripreso a ridere. "Sì certo, il Fiore Nero. Sparisci, drow!"

"Non sono una drow, come altro devo dirvelo? Come fate

a dire che sono una drow se vedete a malapena i miei occhi." Il mio avvolgente mantello da viaggio mi copriva dalla testa ai piedi, riparandomi dal nocivo sole e celando completamente il mio volto grazie al bavero alto e al cappuccio.

"Appunto! I tuoi occhi sono rossi, come quelli di un drow." Acuta questa guardia, per essere un uomo. No, dovevo trovare un altro modo.

Mi incamminai sul sentiero. La sola cosa che potevo fare era distrarre la guardia, allontanarla dal cancello e sgattaiolare dentro. Avrei appiccato il fuoco nella macchia di bosco poco distante, chissà, forse avrei sortito l'effetto desiderato.

Mentre ero china a cercare dei sassolini adatti per provocare le prime scintille, sentii il chiaro rumore di un carro che si avvicinava in velocità. Ben presto quel carro giunse sul sentiero e si fermò vicino a me. Un umano dai capelli neri, lunghi e sporchi mi fissava. Aveva un grande orecchino al lobo sinistro, in oro e a forma di cerchio, una corta barbetta e la pelle bruciata dal sole. Sembrava veramente sporco e gli abiti logori la dicevano lunga sulla sua attitudine a curarsi del suo aspetto.

"Uh uh uh, guarda guarda cosa c'è qui. Una drow tutta sola soletta fuori dal suo regno."

Mi parlava con voce rauca, ridacchiando. Quello che stava conducendo era un grande carro sul quale erano state montate due gabbie con sbarre in ferro. L'oscurità stava calando e io potevo veder meglio, mi accorsi subito che nelle gabbie c'erano giovani donne vestite di cenci, un ragazzino umano, una vecchia che continuava a lamentarsi e un uomo privo di una gamba. Lo strano individuo intanto era sceso dal carro e veniva verso di me agitando un pugnale ricurvo e passandosi la lingua sui pochi denti che gli rimanevano, ovviamente neri.

"Cosa volete? Non vedete che sono sola e indifesa?"

Forse con lui avrebbe funzionato…

"Non esistono drow indifesi, al massimo deboli." E ridacchiava, come una cornacchia stonata. All'improvviso mi venne un'idea, così iniziai la mia parte. Arretrai di un passo cercando di sembrare atterrita, disperata.

"Non fatemi del male, ve ne prego."

"Certo che no! Ti voglio così in salute e tutta intera, sempre che tu non mi costringa a farti del male. Se entrerai nella gabbia senza protestare non ti accadrà nulla."

"Perché dovrei farlo? Cosa volete da me?"

"Oh nulla, semplicemente portarti alla Signora della cittadella insieme agli altri. Una schiava sana e forte è un bel bottino!" Quell'uomo stava avanzando verso di me sfilandosi dalla cintura una lunga corda.

"Su su, vieni. Tu mi farai guadagnare un bel gruzzoletto!"

Così dicendo fece roteare la corda in aria lanciandomela poi addosso. Io andai incontro al cerchio di corda col capo, rendendogli anche troppo semplice la presa, per fortuna lui non sembrò accorgersene. Mi strattonò un po' e mi fece entrare nella gabbia insieme alla vecchia e alle giovani donne, chiudendo poi il grande lucchetto che serrava la gabbia. Tronfio e fischiettando tornò alla guida del carro mentre io cercavo di nascondermi al meglio a terra, dietro la vecchia che continuava a lamentarsi. L'avrei uccisa volentieri, ma dovevo portare avanti il mio piano, avevo avuto davvero una grande fortuna a incontrare quello schiavista.

"Davvero un bel lavoro, pulito e semplice. E poi dicono che i drow sono scattanti e veloci. Ah, ma io ho una mira infallibile con la corda!"

L'uomo si autocelebrava. Com'era patetico, lo avrei ucciso dopo. La guardia del cancello chiese all'uomo di fermarsi e di fargli vedere cosa stesse trasportando. Lo schiavista dichiarò la sua merce mentre la guardia si sporgeva per verificare coi propri occhi il contenuto delle gabbie. Io non respiravo neppure, speravo di essere confusa per un mucchio di stracci, accovacciata com'ero sul fondo della gabbia. Così probabilmente fu e, superato il controllo, il cancello si aprì e io ero finalmente dentro, però chiusa in una gabbia.

L'uomo guidò il carro per una stretta discesa che ci condusse a dei sotterranei dove un'altra guardia era a custodia del cancello, non avevo più bisogno di nascondermi, così mi rialzai e mi guardai intorno. Dovevo trovare il modo di uscire dalla gabbia e raggiungere il mago. Ma come?

"Eccoci arrivati, ora state buoni buoni e tu, vecchia, smettila di frignare! Una guardia vi prenderà in consegna e noi ci saluteremo... io intascherò il mio denaro."

Lo schiavista si sfregava le mani con cupidigia. Pensai che in fondo non sarebbe stato scorretto affatto prendermi i soldi che lui stava per guadagnare grazie e me, mi spettavano di diritto. Dovevo prima uscire. Una guardia vestita con protezioni in cuoio borchiato giunse nella stanza buia e umida dove c'eravamo fermati, osservò a lungo ognuno di noi, mi fece un lungo e ammiccante sorriso – che schifo – e lasciò nelle mani dello schiavista un sacchetto con delle monete.

Era il momento di agire. Mi gettai al collo di una delle giovani donne, conficcandole le unghie nella carne urlando come posseduta da chissà quale demone. Lei di risposta mi morse una guancia, dolore, dolce inebriante dolore. Ma solo io potevo decidere quando era il momento di provarlo, nessun altro, così le diedi una testata in fronte tanto da farle perdere i sensi.

Nel frattempo lo schiavista e la guardia aprirono la gabbia, mi afferrarono con forza per i polsi liberando la giovane che cadde a terra come un sacco vuoto, e mi portarono fuori.

La guardia mi tirava i capelli trascinandomi sul pavimento di pietra intimandomi di rimanere ferma. Lo schiavista era nella gabbia e cercava di far riprendere i sensi alla ragazza, per essere sicuro che nessuno scappasse si chiuse nella gabbia urlando alla vecchia di tacere, ancora una volta. Era il mio momento.

Stesa a terra mi voltai su un fianco, con velocità, lasciando nelle mani della guardia una ciocca strappata dei miei bianchi capelli, afferrai la sua gamba e gli morsi il polpaccio con tutta la forza che riuscii a trovare. Lui urlò e iniziò a dimenarsi, io finalmente libera estrassi il mio pugnale dallo stivale e gli recisi la gola. Lo schiavista intanto stava girando la chiave nel lucchetto, per aprire la gabbia, gli colpii la mano con la mia lama, a terra cadde un dito, e lui urlò tenendosi il moncherino. La chiave rimasta nella toppa ora era mia. Le donne iniziarono a urlare ma quando dissi loro di smettere tornò il silenzio, rotto solo dai lamenti e dalle imprecazioni dello schiavista.

"Dammi quel denaro, uomo, o ti taglio entrambe le mani." Cercò di ribellarsi, quando gli mostrai il dito mozzato e lo gettai nella gabbia, lui cambiò idea e mi scagliò contro il sacchetto con le monete. Subito dopo lo afferrai per il bavero e lo uccisi, mi ero ripromessa di farlo e così fu.

Mi addentrai per i corridoi stretti e bui dei sotterranei, da qualche parte dovevano pur condurre. Solo qualche fiaccola, nessuna porta… perché mai poi una Signora aveva bisogno di schiavi? Una svolta improvvisa del corridoio mi fece giungere di fronte a una porta, appena in tempo per nascondermi da due guardie che stavano venendo nella mia direzione. Spinsi con cautela la porta, era aperta! Dentro c'era una luce accecate, i miei occhi, dolore, non vedevo nulla, solo il mio animo parlava. Dolce meraviglioso dolore lambiva i miei occhi e il mio corpo ora morbido e cedevole. Ci misi un po' a comprendere da dove venisse la luce: un grande masso di forma cubica era al centro della stanza, circondato da scariche elettriche di ogni colore.

"Mi aspettavo di vederti legata mani e piedi o con una catena al collo." Una voce calma mi investì. I miei occhi iniziarono a distinguere i contorni della stanza. Era un ambiente ampio, al contrario del corridoio da quale ero giunta, il soffitto era a volta e ricoperto di disegni, simboli, rune. Notai che ai quattro lati del masso quadrato vi erano quattro anfore in vetro, ognuna su un piedistallo di ferro brunito. In una brillavano fiammelle azzurre, in un'altra c'era cheta acqua cristallina, nella terza una manciata di terra giallastra e la quarta era apparentemente vuota. Un anziano uomo, senza alcun capello, con gli occhi scuri e il volto rugoso, avanzava verso me appoggiandosi a un bastone.

"Sei furba, giovane drow, sei riuscita a cavartela. Hai sistemato ben bene quello schiavista. Se ti fossi fatta portare nelle celle degli schiavi però avresti faticato meno e saresti giunta comunque da me," mi disse il vecchio con voce beffarda.

"Chi siete? Come fate a sapere?"

Lui sorrise e disse, fermandosi a pochi passi da me: "Hai per me una missiva, giusto? Quel che conta è che tu sia giunta fin qui per darmela". E alzò una mano rimanendo in attesa.

"Siete dunque voi il mago che la mia Matrona mi ha mandato a cercare?" Lui annuì semplicemente. Presi la missiva col sigillo del Sacro Ragno dalla mia sacca.

"Toglietemi una curiosità. Da quanto tempo spiavate le mie mosse con la vostra magia?"

"Da quando hai iniziato a far gli occhioni dolci alla guardia del cancello per convincerlo a farti passare. È stato molto divertente. Quando ho visto che avresti tardato molto a trovare una soluzione adeguata… ti ho fornito gli strumenti adatti. Lo schiavista di solito non fa quella strada per portare qui gli schiavi, gli strumenti per i miei studi. Oggi però ho fatto avere a lui un'intuizione. Sapevo che avresti colto al balzo l'occasione. E poi… una drow come te mi farà molto comodo, davvero ottima materia." Mi fissava con insistente compiacimento.

"Beh, potevate farmi perdere meno tempo e far avere una qualche intuizione alla guardia del cancello." Un mago, per giunta umano, che si beffava di me? Come osava. Voleva usarmi per i suoi trucchetti? In che modo? Non volevo scoprirlo. I miei occhi bruciavano ancora, mi schermai con il cappuccio e riuscii a fissare meglio il mago. Era basso e scarno, i suoi occhi però trasmettevano una strana forza.

"Dammi la missiva ora, non aver timore, ti darò il dolore che cerchi." Qualcosa si agitò improvvisamente in me. Un mago, forte tanto da destare la curiosità della mia Matrona, doveva avere poteri straordinari. Solo io però posso decidere come e chi, nessun altro può arrogarsi il diritto di divenire il mio strumento del piacere. Nessuno può beffarsi così di me, neppure un mago. La bramosia di dolore, la rivalsa del mio orgoglio, la mia inspiegabile follia e mi gettai contro il mago impugnando lo stiletto che tenevo nella protezione dell'avambraccio. Lui reagì scagliandomi contro una scarica di punte di ghiaccio che sembravano nascere dalle sue mani, il mio volto ora bruciava, graffiato, trafitto, il mio dolce dolore.

"Cosa credi di fare, drow? Non voglio ucciderti, non costringermi a farlo."

Una calda forza stava pervadendo le mie membra, i miei muscoli vibravano, il cuore pestava forte nel petto, il mago intanto cercava di immobilizzarmi facendo esplodere su me guizzi di fiammelle.

Chiusi gli occhi, lasciai agire solo il mio istinto e colpii il mago su un fianco, mandandolo a sbattere con forza sul cubo di pietra. Le scariche luminose smisero di esistere, il mago emise un gemito strozzato e agitando le mani e i piedi rovesciò le quattro anfore, mandandole in frantumi. Qualcosa esplose, i quatto elementi, fuoco, acqua, terra e aria, contenuti nelle anfore, mescolandosi crearono una nuova forza che rese il cubo di pietra ora una melma di luce bluastra che respinse il mago scagliandolo contro una parete. Lui cadde esanime a terra, gli arti bruciati, il volto sfigurato, gli occhi bianchi sbarrati.

Che follia era quella? Che strani esperimenti conduceva quel mago? Avrebbe mai potuto raccontarlo? Forse.

Mi avvicinai al corpo e, stando ben lontana dal cubo, mi chinai e misi la missiva della mia Matrona in una tasca delle vesti del mago. Lasciai la stanza, sgattaiolai silenziosa fino all'ingresso delle segrete. Presi alle spalle la guardia del cancello e la uccisi con un solo colpo al cuore.

Ero fuori, di nuovo libera. Avevo compiuto anche questa

missione, la missiva dopotutto era stata consegnata. Qualcosa però mi diceva che per un po' sarebbe stato meglio non farmi vedere nel Regno e soprattutto non dalla Matrona.

Alzai il cappuccio celandomi il volto, il bavero sulle labbra e mi confusi con la gente per le stradine della cittadella.

I piedi scalzi mi dolevano, le piante erano dure come corteccia eppure faticavano a camminare lungo una strada lastricata di ciottoli. La mia sete non aveva quiete, era acqua o sangue che desideravo? Era sole o tenebra che bramavo? Mi accovacciai ai piedi di un albero cercando riposo, intorno il nulla, solo montagne in lontananza, come cattedrali immobili svettavano chiare verso un cielo cupo, che sapeva d'imbrunire. Sembravano cadermi addosso, poi avvolgermi, ovunque cercassi con lo sguardo solo rocce e cime, solo ombre di una luce che andava scomparendo dietro un orizzonte che non sarei riuscita a vedere. L'immensità di qualcosa molto più antico e fermo di me soccombeva sul mio sentirmi inerme. Sola, chiusi gli occhi e provai a immaginare di poter sognare.

La lupa bianca

Ho visto i suoi occhi.

Tum tum.

Ho visto la sua ombra.

Tum tum.

Ho udito i suoi passi.

Tum tum.

Ho sentito il suo respiro.

È qui.

Silenzio.

I denti aguzzi azzannarono la carne bianca del collo lacerando. Sangue caldo sporcò la veste di lana grezza. Un urlo di disperazione e dolore e le unghie a cercare gli occhi dell'imponente lupo.

Troppo tardi, la vita scorreva via lenta…

Buio.

Abraxa si alzò di scatto dalle pelli e cercò l'ascia al suo fianco. Gli occhi sbarrati in cerca di qualcosa nella luce sinistra proiettata dal Fuoco Sacro e dalle sue ombre nella silenziosa stanza di Fredag, la capitale di tutti i clan delle nevi. Il sudore freddo le rigava il volto, si sfiorò il collo con il timore di scoprire che tutto fosse vero e invece del morso nessuna traccia.

Il solito sogno, l'incubo.

I boccali sporchi di birra e vino giacevano ancora lì, nella grande stanza delle riunioni, tra le pellicce e accanto allo scranno del Capobranco. Tutti dormivano, il silenzio avvolgeva di ombre il piccolo villaggio, da fuori proveniva l'incedere ritmico delle sentinelle coi copricapo di lupo. Lo scoppiettio del fuoco le catturò l'attenzione e lei rimase a osservarlo per diverso tempo, pensando mentre con le mani stringeva l'ascia pesante appoggiata davanti a sé.

Quella scelta di chiedere al clan dei Lupi Della Cenere di accoglierla era nata spontaneamente, non aveva pensato ad alcuna conseguenza. Neppure le parole di scherno e di disprezzo per il suo essere femmina dell'anziano del clan l'avevano fatta desistere. Doveva farlo, era la sua strada, era il messaggio degli Antenati, degli Spiriti che le sussurravano per mezzo dei sogni e dei ricordi delle parole di sua madre, la *Parlaspiriti*. A qualsiasi costo doveva resistere.

E allora che importava se la guardavano come una che non sarebbe mai stata come loro, se la scrutavano più per le forme femminili evidenti sotto il cuoio conciato delle protezioni, che per la determinazione che dimostrava?

Nulla aveva importanza, neppure i muscoli che ora dolevano dopo tanto allenarsi, lei che era vissuta per anni solo di compiti domestici e lavori leggeri di caccia.

Cosa importava se i lividi sulle gambe, ancora troppo sottili, e i tagli sul ventre dolevano?

Nulla, ciò che voleva guadagnarsi era la stima del suo Capobranco e l'onore di poter seguire i fratelli durante le loro imprese. Incrociare le sue armi con le loro, cacciare con lo stesso sangue, urlare insieme a loro. Unire il suo ululato a quello dei Lupi della Cenere.

Ma quel sogno, l'essere sbranata da un lupo e rimanere inerme, la tormentava.

Si alzò scostando le pellicce e si avvicinò al Sacro Fuoco ravvivandolo. Rivide gli occhi di Thorof in quelle fiamme, quelli di qualche giorno prima, mentre le sfiorava il collo con un'ascia sfidandola e mettendola alla prova. Si morse il labbro con foga tanto da ferirsi, il sapore ferroso del sangue le svegliò i sensi ancora intorpiditi dal sonno. Non aveva paura da sveglia, non v'era spazio per la paura lì, ma quando riposava e tornava sola con la sua notte, giovane forse troppo per lasciare la sua famiglia, i fratelli, la protezione del padre, temeva qualcosa che non era la morte ma la sconfitta, temeva di cedere, di perdere il suo onore.

Fece una smorfia, andò verso una cassa e prese delle protezioni leggere di cuoio, si fasciò il corpo stringendo i lacci del corpetto, assicurò il fodero alla schiena e lo scudo piccolo al braccio. Senza fare rumore si avvolse nel manto scuro dei Lupi, la sua arma si nascose tra le pieghe della stoffa pesante celandosi insieme a lei.

Quando fu fuori dal villaggio guardò la luna, alta e a falce sembrava invitarla a divenire lama, veloce, letale e lei perdendosi in quella visione si sentì figlia e sorella di quel richiamo ancestrale.

"Lupi si nasce," sibilò tra i denti, rammentando le parole dell'uomo che aveva promesso di servire e che in lei riponeva fiducia.

Si sperse nella notte tra gli alberi intricati del bosco, senza far rumore, l'ascia in mano, la volontà nello sguardo, il sangue come sapore e richiamo della notte.

Un ululato lontano si unì ai rumori delle bestie notturne, divenendo dolce musica di morte, un suono che l'accompagnò fino all'alba, quando conclusa la caccia e sfinita, tornò al villaggio con carne fresca e pellicce calde per tutti.

La giornata di addestramento con il maestro che il Capoclan aveva deciso per lei, Yngve, l'aveva resa più sicura. Aveva imparato a muoversi silenziosa accanto a creature dagli influssi malevoli e colpirli con i pugni serrati. Le nocche rosse e tumefatte le facevano male, ma la soddisfazione di aver combattuto con onore, come diceva Yngve, le regalavano uno strano sorrisino mentre tornava verso la capitale Fredag.

Le piccole costruzioni erano silenziose, i guardiani delle palizzate osservavano seri che nessuno turbasse quella pace e nella grande stanza della Fiamma non c'era nessun fratello. Abraxa ripose le armi e osservò l'armatura che il Capoclan le aveva donato, gli anelli di metallo luccicarono un istante e le fecero venire in mente una sfida che doveva compiere: tornare lì dove Yngve le aveva dimostrato le sue abilità nel combattimento.

Impugnò la sua migliore ascia e si vestì di cuoio colmo di borchie rafforzate, attraversò quel tratto di bosco che separava il villaggio dei Lupi dalla piccola fortezza dei clan reietti, dove guerrieri forti e possenti sfidavano chiunque si avvicinasse difendendo le loro terre. Rammentava l'avvertimento di Yngve su quanto forti fossero e sulla violenza che animava le loro gesta impietose, ma Abraxa era certa di riuscire a sfidarne almeno uno e di riuscire a batterlo.

Animata da questa convinzione si portò alla parte più a ovest della fortezza delimitata da palizzate e totem, rasente le mura di legno raggiunse l'ingresso e fischiò per farsi notare dall'uomo di guardia più vicino. Le mani sicure impugnavano l'ascia tesa davanti a sé indietreggiando affinché lui la inseguisse e nessuno li vedesse combattere, supportandolo.

Si sentiva forte, impavida ma era soprattutto incosciente e quando l'uomo iniziò a deriderla lei ne ebbe il primo sentore: "Un esercito formato da un solo guerriero. Che paura!" E la colpì con violenza incrinandole una costola.

Il dolore le annebbiò la vista costringendola ad arretrare. Un colpo insicuro a fendere l'aria, il secondo a sfiorare la tunica dell'uomo e la giovane donna era già in difficoltà.

Sono una Lupa, si ripeteva, *devo trovare la mia forza ancestrale*.

E con occhi rossi colmi di furia colpì con maggiore slancio riuscendo a ferire il braccio dell'avversario e a farlo distrarre. La vista del sangue e l'espressione stupita di lui le donarono una strana sensazione di piacere. Colpì ancora noncurante del dolore che la costola le provocava, colpiva avanzando su gambe ancora poco ferme e con i polsi dolenti a causa della pesante ascia. Colpì ancora una volta prendendo l'uomo su un fianco. Il sudore le raggiunse le labbra sorridenti in un ghigno.

"Dannata!" urlò lui e sembrò recuperare ogni energia.

In poco tempo le fu addosso con un poderoso calcio mandandola a terra, un istante dopo alzava un pesante martello su lei.

Abraxa urlò con tutta se stessa, un urlo disumano che veniva dalle viscere. Un urlo di morte.

E fu la fine.

La puzza di sudore e quell'ombra sul volto la fecero sussultare. Un'indefinibile visione soccombeva su di lei, sentiva di non aver membra o di averle troppo dolenti, sentiva la bocca impastata e la testa pesante. Ci mise un po' a mettere a fuoco ciò che aveva dinnanzi.

Il volto dell'uomo che la guardava da vicino era distorto in un'espressione disgustosamente beffarda, la pelle scurita dal sole e lucida di sudore, la barba incolta di qualche giorno e una profonda cicatrice sull'occhio destro semichiuso.

"Buongiorno, principessa," ghignò l'essere.

"Hai dormito decisamente troppo," sibilò con voce rauca sfiorandole con la lama di un coltello il volto.

Abraxa si girò di lato con stizza e osservò l'ambiente. La stanza era buia e le torce facevano fatica a illuminare l'antro al centro del quale c'era il giaciglio dove era stata adagiata. Un tavolo con intrugli e bende facevano pensare alla presenza di un curatore da campo, gli alambicchi e le radici a un alchimista forse.

"Non sei stata molto furba ma coraggiosa, devo ammettere. Venire qui a sfidarci… tu debole come una gatta selvatica."

Una grassa risata le fece provare disgusto.

Provò a parlare ma un colpo di tosse trasformò le parole in un sinistro rantolio.

"Il nostro guaritore ti ha rimesso in sesto sai? Avevi una

brutta ferita, ma qualche strano spirito ti vuole viva e sono bastati un paio di giorni per farti riaprire gli occhi dopo le cure."

L'uomo che ora lei riusciva a mettere bene a fuoco sembrava avere non più di trent'anni, ampie spalle e braccia tornite di muscoli e una spessa peluria scura.

Lei dovette guardarlo con aria schifata perché lui le fece una carezza sulla guancia, con la mano ruvida e callosa dicendo: "Non farai la schizzinosa, principessina della Capitale. Sono un signore io, guarda come ti tengo bene".

Con la lama scese dal volto ai brandelli del corpetto di cuoio che ancora le coprivano in parte l'addome, la lama sfiorò una delle cinghie di cuoio facendole saltare per aria e scoprendole il petto.

Abraxa digrignò i denti e provò a muoversi accorgendosi che i polsi erano legati dietro la testa e le gambe troppo pesanti e doloranti per reagire. Fissò l'uomo negli occhi cercando di comprendere come poterne uscire. La paura di non rivedere i suoi fratelli, il Capobranco, di deludere Yngve, le colmarono gli occhi di lacrime. Si odiò per questa forma di debolezza cercando da qualche parte recondita del suo animo la volontà di resistere, mentre le mani ruvide dell'uomo scorrevano sulle sue membra intorpidite.

Accondiscendente sorrise, invitandolo con lo sguardo lo assecondò. La sorpresa colse l'uomo facendogli abbassare la guardia, così quando lei con un filo di voce lo invitò a lasciarle i polsi liberi per potersi muovere meglio, lui risalì senza indugio col pugnale fino alle corde, recidendole. In quell'istante la giovane donna impose al suo corpo di usare ogni forza, di mettere da parte il dolore, di comportarsi da lupa… nordendo!

Appena il volto dell'uomo si staccò dalle sue labbra lei sputò nei suoi occhi provocando subito la sua ira che rabbioso le immobilizzò i polsi con le mani. Fu velocità e prontezza e lei lo azzannò sulle labbra con tutta la forza che riuscì a trovare, staccandogli la carne con violenza. Il dolore lo fece indietreggiare e lei, unendo le ginocchia al petto, con uno slancio lo colpì a piedi uniti all'addome mandandolo a terra.

"Schifosa cagna!" urlò tenendosi il labbro e rialzandosi.

"No!!!" gli urlò lei con foga. "Lupa!!!"

Con uno scatto si rimise in piedi.

Lo guardò con odio e quando lui stava per avventarsi su di lei le vennero in mente le ultime parole di Yngve prima di lasciarla nella Capitale: "Se vuoi fare una cosa per Yngve non lasciare che ti sfregino la faccia. Fallo per me," le aveva detto lui e lei sentì il dovere di non deluderlo.

Sputò il pezzo di carne che aveva tra di denti in faccia all'uomo con un gesto di completa furia.

"Non puoi prendere la notte quando essa è profonda e buia," urlò all'uomo che si avvicinava traballando a causa del dolore che gli provocava quel morso. Sapeva che se l'avesse raggiunta l'avrebbe uccisa nelle migliori delle ipotesi, e che lei era troppo debole e inesperta per potersela cavare.

Dovette fuggire.

La porta semiaperta le offrì l'occasione e lei si dileguò tra mura e anfratti fino a trovare la luce, sfuggire agli sguardi sorpresi degli altri di guardia nel cortile, con scarsa cura per le proprie condizioni fisiche, fino all'uscita.

Scattava veloce con agilità, anche se le membra deboli ed esili l'avrebbero condotta alla morte certa se solo l'avessero colpita. Ma riuscì a mettersi in salvo e a correre a perdifiato fino a Fredag. Lì, stanca, sfinita ma salva, si accasciò a terra dopo aver aperto i grandi cancelli di legno e aver raggiunto un angolo nascosto del villaggio. Pianse sola e ferita, vestita quasi di solo sangue. Pianse liberandosi di ogni tremore e di ogni terrore, pianse finché gli occhi non le fecero male, finché non si sentì svuotata, finché il ricordo della puzza di sudore di quell'uomo, e il sapore del suo sangue, non scomparvero.

Nessuno l'aveva vista, nessuno doveva vederla così, si specchiò nella tinozza d'acqua vicino al pozzo, uno zigomo gonfio e un occhio nero le deturpavano i tratti del volto, nessuna ferita però, nessuna cicatrice sul volto che Yngve potesse vedere.

Si lavò con bende il sangue e si avvolse fiera col manto dei Lupi della Cenere.

Il suo maestro non sarebbe rimasto deluso, il suo onore era salvo.

Si incamminò verso la stanza della Fiamma, con la fierezza di una giovane e inesperta guerriera che porta sul viso i segni dei suoi primi combattimenti e delle sue prime astute vittorie.

Anche se il tempo delle lotte onorevoli con le asce del clan era ancora lontano, lei aveva dimostrato a se stessa di essere pronta per divenire una Lupa della Cenere e questo le bastò per camminare tra gli anziani guerrieri con occhi profondi di ghiaccio e l'espressione ferma di chi ha appena imparato a conoscere i propri limiti e a saperli superare.

Aria

Sussurra storie lontane
le rincorre e le spinge fino a soffocarle
gemendo, alla fine, assopita sotto una foglia caduta.

Il cucchiaino venne posato sul piattino e la giovane ragazza prese a sorseggiare il suo tè. Ne sembrava deliziata e socchiuse gli occhi.

Un rapido movimento dei miei occhi mi riportò a considerare che la luce del tinello era sempre la solita, lieve, morbida su ogni oggetto, sull'armadio coi segni, incastonata sulle superfici per dare loro forma e consistenza. Senza di essa nulla sarebbe potuto essere. Il profumo dello zenzero mi stuzzicò i sensi e dolce scese il sorso di tè lungo la mia gola, fino a rinfrancarmi. Dissetata provai a chiederne ancora. Ma invano.

"Non è tempo neppure di parlare ancora, Angela. Le pietre non hanno ancora finito di rotolare." Tata Lia afferrò l'ultimo ciottolo lanciato e lo esaminò con cura inforcando degli strani occhialetti tondi.

"Gente, quanta gente, devi ancora parlare con molti di loro, risparmia il fiato," disse stizzita, poi si rivolse alla ragazza: "Prendimi l'album delle fotografie, voglio vedere se riconosce la casa sull'albero di quando era bambina".

Una folata di vento sfogliò un vecchio quaderno dove alcune istantanee ingrigite erano state incollate insieme a ritagli di giornali. C'era l'articolo di una casa su un albero caduta in un giardino a seguito di un temporale e di alcuni bambini imprigionati in essa che lì avevano trovato rifugio.

"Guarda, erano i suoi custodi, i bambini dell'albero, ricordi?"

Cercavo nei meandri della mia memoria ma faticavo, eppure la luce mi colpì violentemente gli occhi filtrando dai rami dell'albero con su la casa, che ora straordinariamente era sopra di me. Piccole porticine, finestrelle decorate con temi fogliati, disegni di unicorni. Il simbolo di uno stemma araldico.

L'albero era immenso, cresceva sotto il mio sguardo.

La lama della scelta

"Ah, ma cosa ne sanno loro! Come possono sapere cosa succede quando il metallo cede sotto le mie pressioni e diventa forma!" Continuava a picchiare duro sull'incudine, col martello, su quel pezzo di ferro oramai morbido e già piatto. Continuava con rabbia, con forza, facendo sempre più rumore.

Chi poteva sentirla lì, lontana dal vociare perenne del villaggio. Lì dove l'unica cosa ingombrante erano i fumi e i vapori. E poi il caldo. Si asciugava la fronte con la mano coperta dai guanti di cuoio, di tanto in tanto. Lo faceva solo quando vedeva le gocce cadere sulla superficie lucida dell'incudine. Quando quel liquido le ricordava che lei era lì e che il suo corpo viveva nonostante non lo sentisse.

"Ma come? Come si fa a pensare che usare la forza per scolpire un blocco di marmo sia arte mentre due unicorni, alla base dell'elsa di una spada, forgiati col caldo e con la dedizione, non lo siano?"

Il fioco bagliore delle braci dentro la fucina le illuminava gli occhi. Erano verdi. Un verde a volte scuro di buio, a volte chiaro tanto da sembrare irreale. Ora erano rossi, il colore aveva lasciato spazio al fuoco, che viveva del carbone, della passione, della rabbia.

Osservava la lama diventar sempre più sottile sotto i suoi colpi, più affilata.

Perfetta.

Si fermava di tanto in tanto, alzava la spada sopra la sua testa, la impugnava con entrambe le mani e in essa vi riusciva a vedere sempre più chiari i contorni del suo volto che si riflettevano.

"Sì, sei bella, la mia migliore spada. Faccio te e in questo posto non ci torno più. Sarai il mio ricordo, la parte più buia di me. Ciò che mi ricorderà sempre chi sono."

Non sorrideva, il volto non conosceva la gioia quando era in quella stanza sporca, dove ogni cosa era coperta da una sottile polvere grigia.

"Il sorriso perenne è solo sulla bocca degli stolti. Sorride chi non conosce il dolore, e chi non lo conosce non sa cosa vuol dire gioire."

Ancora una volta il martello colpì quella lama, più forte.

Di nuovo.

Guardava di tanto in tanto lo stampo dell'elsa dove il metallo fuso oramai aveva preso forma.

"Ho impiegato dodici anni della mia vita prima di riuscire a realizzare uno stampo degno di una lama perfetta. Dodici anni alla ricerca della forma che fosse il giusto compromesso tra bilanciamento e arte. Ah, ma non è arte! Già! È solo uno sporco lavoro da fare coi muscoli. Un mestiere da elfo! Come può un'elfa creare una cosa che tolga la vita e che richiede forza. Ma che ne sanno della forza. Che ne sanno di quanta forza serva per non uccidere chi ha ucciso."

Si sfiorò distrattamente la lunga cicatrice che le segnava il collo.

Lasciò la lama sui carboni ardenti, era oramai divenuta la sua forma perfetta. Staccò piano l'elsa dallo stampo, vi soffiò sopra. Appena la patina di vapore sparì del tutto l'oro brillò. I due unicorni, che si guardavano alzandosi selvaggi sulle zampe posteriori, la guardarono. Il giallo dell'oro le ricordò come gli uomini sprecassero quel meraviglioso dono per coniare denaro da scambiare con merce, da scambiare con favori, con armi, o con la morte. Prese la lama e la lasciò raffreddare sul pianale di ferro.

Con calma cercò la sua lanterna, la accese e la mise accanto alla lama. Tornò verso la fucina. Si fermò d'improvviso chinandosi verso il calore. Le guance divennero rosse. Una lunga treccia sfuggì al laccio di cuoio che la legava alle altre e finì sul carbone più incandescente. I capelli si bruciarono. Chiuse gli occhi, respirò profondamente e sentì la testa girare mentre il caldo le bagnava di silenzio l'anima.

Guardò per l'ultima volta davanti a sé e lasciò che le braci divenissero cenere. *Il calore mi ha dato la vita. Il mio freddo dà la morte.*

Guardava le rune appena incise sulla lama e pensava che mai quelle parole avrebbero avuto un seguito. Il tempo si accelerò. Sciolse le trecce, fece ricadere la lunga tunica bianca sul suo corpo ancora sudato.

Chiuse quell'armadio del laboratorio per l'ultima volta e vi lasciò dentro il suo mondo, la sua arte. Girò in fretta la chiave nella toppa. Si guardò indietro ancora una volta. Tutto era in ordine. Come sempre.

Il vento teso le bruciava sulle guance calde. La tunica si alzò e con essa il mantello. Un solo istante e la lama luccicò per poi tornare a nascondersi sotto il caldo velluto.

"Eccola." Il vecchio maestro corrugò la fronte.

"Non leggere. Non ha importanza," disse l'elfa guardandolo. "Sono un'elfa e lo sai che mi piace fantasticare."

Lui non ascoltò e lesse. Soppesò l'arma e sfiorò la lama con un dito. La pelle delle sue mani, oramai ispessita e ruvida, sembrò per un momento contrarsi. Guardò per la prima volta l'elfa negli occhi. D'improvviso sembrò più vecchio, stanco.

"È la più bella spada che io abbia mai visto nella mia lunga vita, elfa."

Quelle parole dette piano e con la solita calma le risuonarono in testa per molto tempo. L'elfo tornò ad ammirare l'elsa, le foglie si intrecciavano ai piedi dei due animali dal lungo corno. "E non ne vedrai altre, anche se tu dovessi vivere altri cinquecento anni. In essa vi sono tutte le armi che non forgerò mai. In essa tutti i miei pensieri. In essa vi sono io."

Il maestro restituì la spada all'elfa. Lo fece solennemente e lei capì perché.

"Ti stanno cercando, un giovane alle porte è stanco, confuso, gli hanno mozzato un orecchio. Serve la tua parola di conforto."

Lei annuì piano. Per l'ultima volta quella lama brillò prima di sparire per sempre nel buio, sotto la sua bianca tunica che la faceva elfa consacrata agli dèi, tra gli elfi.

"So che non tornerai mai più lì e io so che non aprirò mai più quell'armadio. Che il grigio ricopra pure le sue vecchie ante."

L'elfo staccò gli occhi da quelli di lei. Si appoggiò al bastone nodoso, si voltò verso il lungo sentiero. "Hai scelto. Seguirai la luce di chi si immola agli dèi e per purezza non può maneggiar metalli, lasciando il buio di chi si illude di servirle plasmando in forme perfette i loro stessi doni. Va'."

Non lo rivide mai più.

Ancora una volta quello strano vento fatto di gelo e profumo. L'elsa si dibatté tra le pieghe del mantello e fece sentire al mondo la sua esistenza. Lei la nascose. Per sempre. Camminò fino alle porte senza pensieri, senza espressioni. Gli occhi tornarono verdi.

Gli unicorni smisero di guardarla.

Un vento gelido mi seccava le labbra, si spaccavano e mi dolevano senza che io riuscissi a farci nulla, se non insistere coi denti sui tagli longitudinali. Veleggiavo lungo scie di vento cercando un appiglio. Non ero mai stata in quei luoghi che ora correvano sotto i miei piedi imprigionandomi e poi lasciandomi. Eppure doveva esserci un modo per interrompere quel fluire. Forse semplicemente scegliere, prendere una posizione oppure svelare i misteri che mi legavano a tutte quelle donne. O a quelle me stesse.

Finalmente un lontano scoglio, mi sarei aggrappata lì interrompendo lo scorrere e tornando in me. Ma più mi avvicinavo più quella roccia mutava forma, prendeva colore, diveniva corpo. E infine, vicina, su quel fluttuare di venti e nuvole scorsi il volto di mio figlio. E urlai.

Scaglie di libertà

Un ramo carico di neve sembrò cedere al peso piegandosi al volere del gelido manto. Il vecchio legno stava per spezzarsi e cadere inesorabilmente sul tappeto candido, dove ben presto sarebbe stato coperto e dimenticato. Ma l'evolversi delle cose a volte prende strade inaspettate e così, quel ramo piegandosi fece scivolare la neve che lo costringeva, liberandosi dal giogo freddo e tornando fiero e alto tra le fronde del suo albero.

La donna camminava tra i cespugli bassi, la lunga gonna di pesante lana portava dietro sé neve e foglie, increspandosi tra le pieghe del mantello color cenere. Coglieva delle bacche rosse come il tramonto vermiglio dell'estate sul mare del sud. Le riponeva con cura nella sacca di pelle che portava in vita. Immaginava, sorridendo, i giochi e i sorrisi che quelle palline rosse avrebbero portato nella sua casa, dai suoi figli, al caldo, davanti al camino. Si punse un dito e se lo portò alla bocca succhiando la gocciolina ferrosa e calda di sangue.

Un brivido di disagio le confuse i pensieri improvvisamente. Le bacche rosse caddero sulla neve macchiandola di colore, vivo. La donna si accasciò a terra e la gonna si sgonfiò sulle gambe inermi. Un rivolo di sangue scendeva silenzioso dalle vesti fino ai cristalli di neve. L'ombra ripose il pugnale sporco nel fodero in vita, si sistemò i guanti di pelle scura con un ghigno soddisfatto. Il silenzioso assassino guardò grato il cespuglio che lo aveva celato alla vista e legò la donna con una corda per trascinarla sulla neve fino a un carro poco distante.

Pochi minuti e di lei era rimasta solo una striscia sbiadita di sangue, destinata a essere da lì a poco celata dalla neve che cadeva copiosa.

La stanza era in penombra, ogni cosa al suo posto. Il tappeto scuro ovattava i passi dell'alto uomo in stivali di cuoio spesso. Sul tavolo frutta fresca in una ciotola di pregiato metallo, i cani spazzolati e sonnolenti si leccavano fresche ferite di caccia, il legno secco scoppiettava nel camino alto più di un uomo e decorato, ai lati, da due statue in alabastro, angeli con nere ali. La donna emise un gemito lieve e aprì gli occhi scuri come il buio delle notti senza luna. Cercò di alzarsi ma un dolore terribile al fianco sinistro la costrinse a rimettersi giù lamentandosi con più forza.

L'uomo si avvicinò al giaciglio ricco di coperte in broccato di seta e morbidi cuscini di candide piume. Le accarezzò la guancia con dita fresche e bianche e le baciò la fronte.

"Devi riposare o la ferita non si rimarginerà così in fretta. Bevi, ti ho fatto preparare succo di mele, le mele più profumate della regione, con le bacche più profumate dei miei boschi," disse l'uomo porgendole un raffinato calice in cristallo decorato.

Lei lo guardò intontita, come se facesse fatica a metterlo a fuoco. Poi con le poche forze che le rimanevano scostò con violenza il calice mandandolo in terra in frantumi. Il profumato succo si espanse sul tappeto. Provò a rialzarsi ma lui la bloccò spingendola per le spalle.

"Lasciami, dannato! Cosa mi hai fatto, maledetto!" urlò lei cercando di ribellarsi, ma invano, non aveva forze e quel dolore…

"Mio dolce fiore, sei stata tu a costringermi a questo. Ho dovuto farti colpire per condurti qui, nella tua casa, da chi ti ama," ribatté lui.

"Da chi mi ama e mi fa pugnalare alle spalle da un'ombra? Da chi mi ama e mi strappa agli affetti? Da chi mi ama e mi costringe a ciò che non voglio?" sibilò lei, stanca.

"Da chi ti ama e vuole il meglio per te. Farò portare qui anche i tuoi figli." Sorrise lui mentre parlava con tono accondiscendente, falsamente accomodante.

"Lascia stare loro! Non toccarli," disse la donna e con foga graffiò il volto dell'uomo. Il viso regolare, perfettamente rasato, si contrasse in una smorfia sdegnata. Si toccò la pelle graffiata, il sangue sulle dita e poi la colpì al volto con violenza.

"Lurida cagna! Guarda, ti metto il mondo ai piedi come una regina e tu osi farmi questo? Ti farò rinchiudere nelle celle insieme ai peggiori scarti della regione, assassini, violenti, tra topi e letame e poi vedrai come sarai ammorbidita," gracchiò lui voltandosi per suonare il campanello che avrebbe attirato nella stanza il servitore fuori dalla porta.

I cani si alzarono dal loro giaciglio e sentendo urlare l'uomo si avvicinarono alla porta per uscire e lasciare la stanza.

"Piuttosto lo morte ma mai sarò tua sposa, mai mi concederò a te di mia volontà!" disse la donna alzandosi sulle gambe malferme facendo uso di tutta la poca forza che le rimaneva, debole da giorni di sonno tormentato, febbre e mancanza di cibo.

Un uomo dai lunghi capelli bianchi entrò nella stanza e dopo poche istruzioni tornò seguito da due figure imponenti, uomini coperti di spesse armature borchiate, feroci, senza luce nello sguardo, che presero la donna come se fosse una bambola di pezza e la portarono in una cella umida e buia.

La donna rimasta sola si premette sul fianco che riprese a sanguinare ma non pianse. Cercò nel buio, annaspando, finché con le mani toccò qualcosa di caldo.

"Non datevi troppa pena, ci si fa l'abitudine presto al buio e si iniziano a distinguere chiaramente i massi della cella, uno a uno, con le loro sporgenze e le increspature. Uno a uno, giorno dopo giorno e divengono familiari così come l'odore di urina e muffa," disse un uomo seduto a gambe incrociate in un angolo della cella. La donna aveva incontrato la sua gamba nella disperata ricerca di qualcosa al buio.

"E non spaventatevi, non ho neppure la forza di guardarvi e non intendo farvi del male. Riposate, sembrate pallida," aggiunse richiudendo gli occhi.

Lei ritrasse la mano e si allontanò, si accorse di un bagliore nel buio e lo raggiunse rendendosi conto che era una piccola finestrina che dava sul cielo limpido illuminato da una pallida luna. Vi passò attraverso una mano toccando l'aria, fresca, un brivido e si addormentò.

"Uccisi per necessità, il Duca aveva usurpato le mie terre e aveva ucciso la mia famiglia. Non mi rimaneva nulla, mi gettai con foga al collo del funzionario e lo uccisi conficcandogli il coltello nella gola," disse l'uomo accarezzandole il volto. La baciò con tenerezza e la strinse a sé. Lei, cedevole, lo lasciò fare, inerme nascose il volto fra le sue braccia, disinteressata.

"Nulla mi importava più ma ora ci sei tu, voglio vivere i miei ultimi giorni in questa cella dandoti conforto, regalandoti quel poco che posso darti, un abbraccio, un sorriso, l'amore. Il Duca non sa nemmeno che regalo mi ha fatto, io tengo tra le mie braccia la donna che lui brama." Parlava senza sosta, come in un delirio, gli occhi vacui e il volto scarno per la troppa fame, lei diceva poche parole, accettava le sue tenerezze senza sorridere, guardando quella finestrina dalla quale arrivava la poca luce della cella. Poi, all'improvviso, alzò il volto e parlò.

"Ogni masso della cella, ogni sua sporgenza e increspatura, è vero, avevi ragione, stando qui si impara a vedere cose che a prima vista sfuggono. Sei stato per me un maestro e un compagno, un amante e un sostegno."

"Ma io ti amo," disse lui.

"Non esiste l'amore se costretto tra quattro mura, tu non ami, tu ti aggrappi a me perché hai bisogno di aggrapparti alla vita. Come un condannato a morte si aggrappa al suo ultimo desiderio o una vergine sacrificale si aggrappa agli occhi del suo carnefice, il cerbiatto ferito si aggrappa alla compassione del cacciatore, così tu ti aggrappi a me e mi consumi di pietà e di affetto. Ma non sono io ciò che vuoi, tu vuoi la libertà e la vendetta, tu vuoi vivere," e così dicendo lei estrasse una lunga scaglia di pietra, tagliente, dal corpetto lacero e sporco e lo colpì al collo, veloce e letale. Lui sgranò gli occhi e in un ultimo sguardo di meraviglia ed egoismo le sputò nel volto maledicendola.

"Vi è qualcosa più grande e forte dell'amore che dici di provare per me, qualcosa che tu non puoi capire, qualcosa che non hai, qualcosa che rende forti e folli, qualcosa che non si può comprare, e io tornerò da esso," ficcò con maggiore forza la punta del sasso nelle carni recidendo una vena, sporcandosi le mani. "Non avevi mai notato che mettendo la mano fuori dalla finestrina si poteva toccare una sporgenza nella parete, una sporgenza che sembrava malferma e che con un po' di insistenza si poteva asportare, un pezzo di roccia, un masso appuntito, la mia libertà. Hai guardato solo intorno a te, nel tuo piccolo mondo, senza spingere lo sguardo oltre e hai perso così la vita. Addio."

La donna spogliò velocemente il corpo ancora caldo accasciato in un angolo, si spogliò anch'essa e indossò i vestiti laceri dell'uomo, mettendo i suoi al cadavere. Poi attese.

Quando poco tempo dopo le portarono la solita ciotola di brodo freddo lei biascicò con voce roca: "Portatelo via questo cadavere, quella lurida cagna è morta mentre giaceva con me. Inizia a puzzare più del normale, levatemela, non voglio venire invaso da vermi."

La notizia giunse presto alle orecchie del Duca che in un impeto di rabbia colpì il suo servitore al volto incolpandolo di non avergli riferito che la donna stesse male. Ordinò che il corpo venisse portato via e bruciato, senza nessuna onoranza, la notizia non doveva spargersi, le genti del luogo sapevano che ella viveva come una regina nel palazzo del Duca. In quanto all'uomo, che fosse portato al suo cospetto, voleva capire e poi uccidere colui che aveva osato giacere con la sua donna.

E così fu, quello che credevano un uomo, scarno ed esile, dai lunghi capelli sporchi e maleodoranti a celargli quasi il volto, fu preso, strattonato e portato al cospetto del Duca.

"Lasciateci," disse il nobile impettito nella sua stanza ordinata e pulita. Gli angeli, dalle neri ali di alabastro, lisci e lucidi riflettevano la luce del camino.

Lei lo fissava attraverso i capelli unti, non parlava, respirava piano. Quando il Duca le si avvicinò lei estrasse ancora una volta la sua libertà e la conficcò nella gola dell'uomo con una strana forza che le stava permeando le membra. La forza della vittoria, della rinascita.

In quel mentre irruppero nella stanza le sentinelle che si erano accorte che il cadavere era di un uomo e che era stato ucciso con un colpo alla gola. Si trovarono di fronte il Duca agonizzante a terra che indicava la donna che già stava sgattaiolando velocemente fuori dalla stanza, approfittando della distrazione dovuta alla sorpresa.

Corse inseguita, senza sosta, tra corridoi e stanze, sfuggendo a servitori e sentinelle che la inseguivano, correva senza forze verso la libertà, verso la sua forza, verso il suo mondo.

Travolse nella sua corsa donnette di passaggio, ceste di frutta e di graminacee, bambini e galline starnazzanti, allontanandosi sempre più dal palazzo, perdendosi per i vicoli affollanti e rumorosi della cittadella ducale. Ben presto persero le sue tracce mentre i curatori, incapaci di risanare la profonda ferita, dichiaravano la morte del potente Duca dell'Ovest.

La porta cigolò e lei entrò con passo felpato, il volto scarno e ferito, un saio pulito ma logoro e i capelli bagnati che sapevano di acqua di fiume.

I due bambini corsero tra urla festanti verso la madre, lei si sedette e si crogiolò commossa tra i baci e gli abbracci dei suoi figli. Estrasse poi una sacca dalla cintura e fece rotolare a terra delle bacche rosse e profumate. I volti dei bambini si illuminarono.

Lei li osservava giocare felici e si sentì di nuovo forte, folle per qualcosa che non si può comprare, che non può morire e che è più grande di qualsiasi altra cosa al mondo.

Quanti sogni avevo lasciato per strada? A volte non riuscivo neppure più a ricordare quante cose avevo cercato e desiderato. Semplicemente le avevo seppellite o lasciate su qualche mensola insieme ai vecchi libri e le foto, che un tempo stampavamo. In quell'evanescente essere provai a rimettere in ordine quegli scaffali, ricatalogare sogni e mete, rendermi conto che ancora molte cose potevano essere realizzate, afferrate, raccontate. Fu come incontrare un'altra me, un essere fatto di altre cose, di altre parole, di altri nomi. I sogni, i ricordi, le aspirazioni del passato, poi scordate, sono ancore di meandri assopiti nel nostro animo. Gestire di nuovo tutta quella vita passata può essere doloroso, eppure, dopo aver riordinato quegli scaffali impolverati, dopo aver risistemato ogni sogno al suo posto, guardato e ricordato, ogni cosa sembra più in ordine, e si trova anche maggiore spazio per le cose nuove.

Improvvisamente ci si sente più leggeri, come se il solo riconsiderare nutrisse il divenire.

E ti sembra che nulla più sia così lontano e impossibile.

La casa dei desideri

Gli occhi faticano ad aprirsi, incastonati su terreno arido, crepe che si diramano, infinite, lunghe, buie, dense di vita che si nasconde. Quando brillano, come gemme grezze, osservano. È sparita ogni cosa, esiste solo la mia casa. Improvvisamente mi accorgo che non ci sono gli altri piani abitati da sconosciuti, ci sono le scale sospese nel nulla per scendere, mi precipito in basso e c'è ancora la via, ma le altre case, i giardini, le macchine, ogni cosa è scomparsa. Restano gli alberi, il cielo, il volo degli stormi migratori, il sole nascosto da nuvole elettriche. Mi volto e la mia casa è lì, sempre la solita, colorata, colma di fiori, ma sospesa, solitaria.

Allora cammino, prima piano poi corro, inciampo e mi rialzo. È indescrivibile il senso di smarrimento, come aquilone trascinato da un vento freddo mi lancio oltre la mia via, cerco i negozi che frequento ogni giorno, i visi che mi salutano, i lampioni, i cani che abbaiano spaventati. Nulla.

Al posto di ogni cosa ci sono ombre di ciò che è stato e io come estranea cerco, sudo nella ricerca di qualcosa che sappia di già visto, di ritrovato ma gli occhi bruciano, detesto la luce, mi riparo con le mani che tremano, le labbra secche si serrano in un sorriso stentato quando scorgo lontano un monte che non avevo mai visto, lì c'è una casa, l'unica oltre la mia, devo raggiungerla.

La maglietta si imprime sulla pelle sudata, pian piano scordo l'esistenza del corpo, il male alle ginocchia, l'impatto duro con l'asfalto. Sono scalza.

Mi fermo, riprendo fiato piegandomi sulle ginocchia, il sudore riga le tempie che pulsano, sento il cuore in gola per la fatica e l'emozione. La casa è bianca, ha solo finestre aperte, nessuna porta, nessuna luce che provenga da dentro, nessun rumore. Giro intorno come cane famelico a caccia di una traccia, annuso l'aria che si fa pesante, carica di odore di terra bagnata e finalmente piove. Alzo il volto al cielo e le mie crepe si chiudono, ora è estasi.

Le mie gemme, gli occhi che per tanto tempo hanno veduto o ricordato, si chiudono, ho voglia di danzare, i piedi si muovono sul terreno fangoso, si impastano di sensazioni e diventano pesanti. Quando li riapro sono dentro la casa, è buia ma sa di pulito. Un divano di stoffa blu mi invita a riposare, lo assecondo e lascio che le mie membra trovino riparo nell'abbraccio del velluto della tappezzeria. Guardo il soffitto, ci sono lampadari in cristalli a goccia, opachi e tintinnanti, un vento caldo entra dalle finestre aperte e mi investe destando sensi che non credevo di avere, brividi lunghi increspano la mia schiena, le braccia, si ritorcono contro le gambe distese e scivolano via lasciandomi impotente, immobile, in attesa di qualcosa.

Dei passi mi allarmano, vago con lo sguardo nell'indefinito spazio di una stanza di cui non vedo le pareti, il buio avvolge ogni confine ed è l'immaginazione a governare la mia mente, mi sembra di scorgere porte, tante e ognuna differente. Più alte, più basse, chiuse, aperte, alcune bianche in liscio legno laccato, altre barocche di intarsi e figure, diverse scure di legno grezzo senza maniglia.

I passi si avvicinano, non scorgo nessuno, cerco con occhi bramosi, sottili, mi metto a sedere e la stanchezza piomba sulle mie spalle, mi pesa ogni cosa, ogni parte del mio corpo, anche alzare una mano mi sembra impossibile, i muscoli non reagiscono al mio ordine, mi lascio andare.

Un sorriso lieve e rassicurante appare nel buio accanto al divano, si scorge un naso, la fronte liscia e alta, infine occhi cerulei e inespressivi. L'alta figura mi prende in braccio, mi avvolge i sensi di benessere e io cedo, divento acqua che scorre nelle sue braccia forti, nervose, avvolte su me con dolce prepotenza. Mi bacia la fronte e mi porta lontano, oltre una porta che non avevo notato, alta a doppia anta, con la volta arcuata, attraverso essa mi sembra di tornare a sentire ogni cosa, il cuore pulsante dell'essere che mi porta via, il suo battito è forte, sembra in sincronia col mio, mi sento al sicuro in questa situazione assurda, surreale, straniera.

Non parla ma mi guarda, mi stringe come se fossi preziosa, insostituibile, attesa e poi mi lascia. Nella stanza nella quale sono in piedi, scalza, sudata, stanca ma di nuovo forte, c'è una sottile luce azzurra che delinea mobili alti, preziosi, decorati da segni runici che non comprendo. La figura allarga un braccio e mi indica un angolo della stanza dove un lungo abito in broccato blu è appeso alla parete su una stampella. Osservo l'abito poi mi volto e lo vedo. È solenne nella sua postura, la pelle è bianchissima e il volto è regolare. Un uomo, o un essere, di travolgente bellezza, non riesco a smettere di guardarlo ma i suoi occhi sono cerchiati di morte, nelle iridi un abisso attraente e lontano. Ha abiti preziosi, pantaloni scuri fasciano lunghe gambe dritte, perfette. La seta della camicia scura si sofferma elegante sull'ampio petto, culminando al centro del collo dove una gemma turchese riflette bagliori ammalianti chiudendo la camicia. Sulle spalle un mantello si appoggia pesantemente ondeggiando lungo la figura a tratti etera a tratti forte, imponente. Mi sorride.

Non riesco a oppormi al desiderio languido che si fa strada dentro me di indossare quell'abito, lo raggiungo e lo accarezzo, il velluto mi ridona senso ai palmi delle mani quando lo tocco, scivolo fino al punto vita dove sottili corde dorate definiscono i ricami floreali e contorti. Sfilo i pochi abiti che indosso e mi faccio scivolare addosso l'abito prezioso, mentre copre le spalle, i fianchi, viaggia serpeggiando fino alle caviglie, mi sembra di rinascere, sento ogni cosa amplificata, il freddo, il calore della stoffa, il graffio dei gancetti sulla schiena, più forte, come se non avessi mai sentito prima di adesso, come se la mia vita fosse stata ovattata e ora, finalmente, percepisco ogni cosa per ciò che è. Fastidio, desiderio, piacere, dolore.

Lui si avvicina e mi chiude l'abito sulla schiena lentamente e io desidero che quei gancetti non finiscano mai, ognuno di essi mi apre una nuova sensazione, più vera, più viva. Mi sento leggera, sento ogni parte del mio corpo in armonia, sento le gambe più lunghe, più belle, le braccia lisce, il collo eretto, il volto caldo, benessere sulla schiena. Perfezione.

I capelli chiari diventano improvvisamente scuri, me ne accorgo perché crescono come radici ramificate sulle mie spalle, si allungano velocemente fino a sfiorarmi la vita. Neri, ebano luminoso, invitanti da toccare, morbidi da sentire. Mi accarezzano le membra, fanno propria la mia pelle.

Il braccio di lui mi avvolge la vita portandomi con sé su un ampio letto dagli alti colonnati dorati. Angeli senza ali guardano verso la coperta rossa di raso luminoso. Sembra sangue che immoto luccica di vita, mi adagia su esso e mi guarda. Le sue mani sottili esplorano il mio corpo, è freddo e poi caldo e io perdo ogni ricordo in balia di quelle mani lievi, suadenti, piacevoli. Mi sembra di sprofondare in quel letto che sa di odori antichi, di erbe secche e di spezie. La cannella mi attrae nel turbinio di odori e sensazioni, il ginepro mi fa irrigidire e infine la vaniglia mi seda i sensi.

In balia di uno sguardo freddo, ma infinito, provo a pronunciare qualche parola ma non emetto suoni. La testa è pesante, ho voglia di dormire in questo mio nuovo corpo che percepisco come mondo da esplorare, fuso con il resto di questa stanza. Lui mi scosta i capelli dal volto e le radici tornano a muoversi senza comando sul cuscino morbido, come una corona a una fronte che sento pesante ed estranea. Non sono più io, sono il buio e la luce, mi sento onda e vento, leggera aleggio tra quelle braccia insistenti che non hanno più bisogno di chiedere ma solo di prendere. Lo lascio avvicinare, le sue labbra sono calde, battono come un cuore sulla pelle del mio collo, i miei nervi si avvolgono a lui, desiderano quel contatto, gli vado incontro senza aver più ragione. Il bacio che incontra la pelle del mio collo mi fa desiderare di non essere mai stata, di ricominciare, di scordare ogni cosa. Indugia lui, con labbra dischiuse che soffiano sui brividi che increspano le linee del mio collo, ritorna e si allontana in un gioco che mi strazia, mi consuma fino a rendermi cieca. Mi fondo con quella sensazione e lo cerco con le braccia, lo spingo a me cercandone la carne, il calore, la forza. Ha la schiena tesa, lunga si muove come serpenti sotto le mia dita bramose, contratte, insistenti.

Mi sfiora le spalle, si sofferma sui seni, cerca senza pretendere, e io desidero ogni suo sospiro, contemplo con occhi chiusi ogni suo palpito, muoio e rinasco in quelle mani.

Quando affonda i suoi canini nella mia carne e ne succhia ogni ricordo, ogni sensazione, ogni dolore, ogni gioia io palpito di piacere, non v'è resistenza ma corro verso quella sensazione desiderando di essere svuotata. Lo sento bere, lo sento dissetarsi di ogni mia energia, di me e provo il piacere di divenire parte di lui, di dargli ogni cosa perdendo tutto.

Amo, finalmente amo alla fine di un'esistenza vuota che mi sembra così lontana, mai vissuta, solo il ricordo di un sogno appena concluso. Amo la distruzione che mi scompone in piccoli pezzi, come quadratini di un mosaico che vola in alto e disegna la volta del mio cielo. Imprimo nei miei sensi la nuova scoperta di essere languidamente posseduta dall'eternità. Mi fa sua e, senza sentire più il sangue scorrere nel mio corpo, comprendo che sto morendo di una nuova esistenza. I canini premono sulle mie labbra ammaliate dal suo miele, divento come lui, leggera, eterea e infinita. Non c'è confine tra quello che lui è e ciò che sto diventando, una metamorfosi dolce dal sapore ferroso del sangue. I denti si scontrano con la lingua, il palato che assapora la nuova era del mio divenire. È sapore ricco di potere, è il buio che diventa luce, è il senso di ogni cosa che sono stata e ho cercato di non essere. Siamo insieme figli dell'immortalità e i mille occhi che ora mi osservano sono lo specchio di un'anima pura, appena nata, che deve ricostruire tutto partendo da ciò che si dimentica. Mani, mille mani su ogni parte del mio corpo, scavano e cercano, mi dissetano e mi purificano. Sono regina nel mare di sangue che mi avvolge facendomi sprofondare, sono la sua compagna, metà di un essere che fa suo ogni mio capriccio e lo rende sublime.

Quando l'apice del sentire esplode io torno a vedere con occhi di gemme non più grezze ma lucide, incastonate in oro puro e prezioso. Il mio volto diventa porcellana perfetta, eburnea creatura senza più bisogni ma solo piaceri. Mi alzo dal letto con lui, osservo fuori, ogni cosa oltre la montagna è tornata a esistere, ma ha un solo colore, bianco, fastidioso, banale. E scopro che la mia casa lontana non ha più scale, vola via nel cielo oramai buio.

Finalmente sento la sua voce, è nutrimento della mia anima.

"Benvenuta, Elsabell. Benvenuta, mia regina."

Mi bacia le mani, mi fissa con desiderio, ancora. Morbida la mia testa si piega indietro scoprendo il senso nuovo della fame, il gusto del proibito, l'odio per tutto ciò che è stato. Volo con ali di nera notte sulle strade illuminate dai lampioni elettrici, volo con lui al mio fianco a caccia del nuovo nettare.

Plano verso volti rovinati dalla fatica dell'essere mentre io godo della leggerezza del non essere. Istinto primordiale bagna le mie labbra assetate, è caccia, è brama, lui mi asseconda e coloriamo ogni bianca casa, strada, luce, essere del vermiglio nettare della mia crudele sazietà.

Benvenuta, Elsabel. Questo è il tuo nuovo meraviglioso mostro da nutrire.

Fuoco

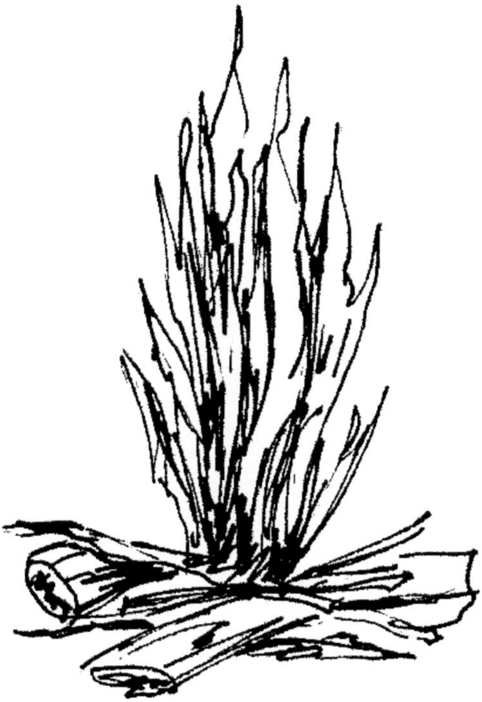

Dondola irregolare cibandosi
si accascia sconfitto su resti scomposti
sorprende nuovamente ardente di incontrollabile danza.

Basta! Ero davvero stanca! Quel tè e quell'incontro doveva terminare, la mia tazza era finalmente vuota e intendevo alzarmi e andarmene. Ero sfinita!

"Non andrai da nessuna parte ora, non vedi che stiamo servendo i biscotti? Lì c'è lo zenzero, li ho sempre fatti così, ricordi?"

La ragazza mi avvicinò un vassoietto di latta, decorato da fiorellini dipinti di rosa, sopra cui scomposti si disegnavano dei cerchietti di pastafrolla. Ne presi uno, mordendolo sentii il sapore del burro. La tazza di tè mi venne riempita nuovamente.

"Tua madre non sopportava che giocassi in giardino quando faceva buio, non poteva controllarti e allora tu la rassicuravi promettendole di tornare in casa quando la cena fosse pronta. E intanto scrutavi le ombre e raccontavi le storie alle tue bambole."

Un sorrisino si disegnò, sdentato, sul volto rugoso di tata Lia. Provai ad accarezzarlo, ma lei era già lontana.

L'ombra di un tramonto infuocato scivolava lungo le finestre opache di vita vissuta e mai pulita. Disegnava riccioluti profili sui monti lontani, incendiandoli di fiocchi rossastri che l'indomani sarebbero tornati lievi e bianchi. Su quelle nuvole ardenti scorgevo i confini del mondo che avrei ancora dovuto percorrere.

Quel biscotto e quel tè tiepido mi avevano rifocillata, mi sentivo pronta a ripercorrere tutto, a rivivere con la brama di chi cerca di capire e sa che ancora non ha scovato il punto centrale.

Volai verso quel fuoco lontano, sfiorandolo. Dalle mie mani divampavano fiamme incontrollabili, sentivo del potere scorrermi tra le dita. Provai a stringerlo ma invano. Improvvisamente precipitai a terra, ai piedi della pianura buia che ora mi ospitava, coperta solo da un lungo mantello di velluto.

Sola e avvolta di notte e di pensieri, iniziai a camminare.

La luna e la fiamma

Le stagioni che viviamo nella nostra esistenza sono tante, ma ancora di più, e disallineate, sono le stagioni del nostro animo, a volte lente o limpide come un fiume cristallino, a volte impetuose come una tormenta, o torbide, o stanche, altre ancora indecise come quando gli alberi si affacciano timidi alla primavera con nuovi germogli e poi ogni cosa, ancora una volta, cade e torna il silenzio.

Ma questo Anura non lo sapeva quando era stata chiamata a decidere della sua vita dal Consiglio superiore della Sfera d'Argento. Pochi anni i suoi, vissuti in parte nella cittadella persa della brughiera delle terre del sud, altri ancora, così pochi, trascorsi nell'imponente fortezza ghiacciata delle terre azzurre del nord. Pochi i passi importanti nella sua acerba giovinezza, poca l'esperienza ma grande la scelta dinnanzi a quei volti pallidi, seri, decisi nel giudicarla in base a cosa avrebbe deciso. Ora e per sempre.

Quando era stata mandata a studiare nelle terre umane aveva accettato con una certa eccitazione l'idea di trascorre del tempo tra le creature mortali, il suo pallore era confondibile con l'affascinante incarnato delle giovani di nobile famiglia, attente al sole e a indossare gli abiti più belli. Non avrebbe sentito la mancanza della luna blu che si scorgeva solo dai ghiacci, neppure la mancanza di sua sorella o dei suoi genitori. Sarebbe stata libera, e il suo sangue impuro le avrebbe permesso di scegliere cosa seguire. Ma ora, al ventesimo anno della sua vita, era stata chiamata alla decisione, il ghiaccio o il sole.

Entrò nella stanza con l'incedere della sua innata camminata lenta e regolare, i passi piccoli si infrangevano sul bordo dell'abito lungo ricamato di gemme opache. Aveva lasciato crescere i capelli rossi e quelle onde che si disegnavano sulla lunga schiena sembravano ricordare a tutti chi era, la figlia di un umano delle terre calde, la secondogenita di una non morta della nobile stirpe della Sfera d'Argento. Una creatura di gelo e di vento, di labbra secche che rincorrono sole e luce, che baciano calde emozioni e ne mordono l'essere, riccioli di fiamme incontrollabili su pelle lunare eterea. Contrasti danzanti sulla spalle larghe e dritte.

Il Quermir dell'Assemblea, la guida suprema del Consiglio, le fece cenno di avvicinarsi, la guardò con affetto, in fondo le aveva fatto da padre nei pochi anni trascorsi alla Fortezza, nel suo sguardo vitreo si muovevano ombre di ricordi e parole sussurrate con paterna dolcezza. La osservò lungamente in silenzio, occhi dentro occhi, cenere dentro fuoco, poi le fece segno di sedere al centro della stanza, su uno scranno decorato da rune antiche che narravano della storia della stirpe della notte.

"Anura, sei stata convocata oggi qui dinnanzi al Consiglio riunito affinché tu compia la tua scelta. Dopo essa non tornerai indietro. Segnerà la tua esistenza e decreterà chi sarai: una figlia della notte o una reietta del sole."

La voce del Quermir era priva d'inflessione, atona e neutra, quasi fastidiosa. Anura sentì ogni sillaba conficcarsi nel petto, come spine su carne viva. Sentì su di lei il peso dell'antico potere di lui.

La Custode della Sfera appoggiò le mani affusolate e scarne sul Tomo dell'Argento e aprì la pagina che la riguardava, leggendo ad alta voce: "Figlia di Nala degli Oltraggiosi, di stirpe pura, e di Amodeo Vantaries, della stirpe dei Cavalieri della Roccia, umano, Anura nasce venti anni fa come oggi, cinquantesimo del ciclo dell'Artiglio, anno tremilasettecentosettantaseiesimo della Sfera. Trascorre i primi dieci anni della sua esistenza alla

Fortezza, sotto la custodia del Quermir Aglodean degli Anatemi, rare sono le visite concesse alla sua famiglia che sceglie di vivere come reietta nelle terre dell'ovest, sotto la protezione dei Cavalieri della Roccia. Ha una sorella più grande di lei di cinque anni, Erazan, pura della stirpe dei Rosascarlatta, figlia della medesima madre Nala e di Taratuen, Guardia della Spada del Consiglio, Capitano degli Oscurati. Nell'anno 3786, a dieci anni, viene mandata a studiare presso l'Ateneo degli Umani nelle terre del sud, nella brughiera e riceve in dieci anni il titolo di Prima Arcana nell'Ala della Scuola del Fuoco. Oggi è al cospetto del Consiglio e del suo Quermir per decidere quale parte del proprio sangue abbandonare, scindendo così, per l'eternità, la sua natura". Quando ebbe terminato, la Custode chiuse il libro e attese lo sguardo di Aglodean che, senza farsi attendere, le fece segno di tacere.

"Hai potuto vivere per metà della tua vita in queste terre, coi signori della notte, onorando la Sfera. Per metà invece hai appreso i costumi degli umani, ne hai carpito i poteri e sei divenuta guida di un'Ala dell'Ateneo. Ora che ogni cosa tu sai e hai veduto, sceglierai. Se abbraccerai la notte non potrai mai più vedere un umano senza desiderare di nutrirti del suo vermiglio sangue, non potrai schierarti con loro nelle guerre e non ti unirai con un umano, mai più."

Pronunciò le ultime parole fissandola negli occhi, in maniera così ferma e acuta tanto da darle la medesima sensazione che darebbe il sale su una ferita. Si morse il labbro inferiore per soffocare un urlo. Era il modo di Aglodean per schernirla dinnanzi al Consiglio, lei che di un umano era stata innamorata, vittima dell'amore carnale e appassionata amante di uno dei mortali.

Il Quermir fece una pausa, la osservò, poi riprese senza muovere nessuno degli arti del suo corpo o lo sguardo, o facendosi sfuggire un respiro più gravoso che facesse intendere emozioni.

"Se sceglierai invece il fuoco che hai servito, e poi dominato, tu verrai confinata nelle terre del sud, ti verrà tolto ogni potere, ogni percezione della tua stirpe, ogni rispetto. Sarai reietta, perseguitata e marchiata. Sarai una Naithin per sempre e come tale mortale."

Lei lo guardava con il rispetto che le era stato insegnato e con l'affetto che le rimandava il pensiero di lui fiero sul torrione più alto a raccontarle delle storie infinite della sua famiglia, le imprese, i segreti e le leggende. E quando sorgevano i primi raggi del sole lui la avvolgeva nel lungo manto scuro e la portava via, proteggendola da qualsiasi cosa. Ogni soffio di lei bambina le sussurrava all'orecchio ricordi, in quella stanza circolare di pietra fredda ma così calda di voci danzanti, di storia scritta e compiuta.

I volti dei presenti erano come maschere di cera in uno strano stato di conservazione, come se tutti in quel preciso istante avessero perso movenze e passato per divenire solo testimoni. Non era più la piccola Anura che correva nelle ali del castello rincorrendo un'ombra o cercando il profumo degli abiti di sua madre stesi al sole, era una creatura adulta e avrebbe dovuto compiere di lì a poco una scelta. Abbandonare e abbracciare insieme.

Il Quermir fece un cenno verso uno degli uomini alle porte, armati e pronti a scattare al primo segnale, le porte a ovest e a est vennero aperte e degli schiavi portarono due grandi gabbie, fermandole al centro della stanza, dinnanzi a lei, fra lei e lui, due confini opposti ad attenderla.

Da una delle due gabbie sfuggì un piccolo gemito, una figura si mosse piano, riccioli dorati si scorsero insieme a essa e un volto si rivelò fra le sbarre. Una giovane umana si aggrappava al metallo che la imprigionava, e alla vita, fissando intorno ogni cosa con terrore. Gli occhi cerchiati di nero evidenziavano uno stato di stanchezza e di malnutrizione avanzato. I polsi ossuti colpirono lo sguardo di Anura, come gracili zampe di uccello cercavano di inerpicarsi verso l'alto, in cerca di una sola speranza. Ma lo sguardo corse veloce verso l'altra gabbia, una pantera nera dagli straordinari riflessi rossi la fissava mansueta, sdraiata su un fianco, il velluto del pelo sul muso disegnava macchie circolari ed eleganti. La fiera sembrava attenderla muovendo la coda lentamente, strofinandola a terra, descrivendo semicerchi armonici.

Aglodean indicò le due gabbie e la fissò.

"Sono la tua scelta, la prova, Anura. Questa stirpe si è conservata nei secoli, nonostante tutte le guerre e i sortilegi, le maledizioni e le persecuzioni, perché ha sempre compiuto gesti decisi. L'indecisione non è tollerata, essa è perdita, è fallimento. Pertanto anche tu ora sarai tenuta a dimostrare la tua di decisione, che sia chiara e indelebile alla vista degli anziani e alla mia e che la Sfera imprima sul suo buio bagliore il segno delle tue gesta, affinché rimangano scolpite per sempre. In un modo o nell'altro."

Un alito di vento freddo le investì la pelle, vagò con lo sguardo per la stanza alla ricerca della sua provenienza, ma niente in quel luogo aveva aperture verso l'esterno, lì la luce non sarebbe mai arrivata. La grande sfera posta alla sommità dell'ambiente proteggeva, illuminava, malediva la longeva stirpe degli uomini della notte, i non morti che per millenni interi avevano portato terrore e morte, cibandosi di vite, sogni e ingenuità. Abili politici, straordinari seduttori, infallibili guerrieri e mistici maghi delle forze del buio.

Quante volte aveva desiderato divenire come loro, perfetta, senza obbligo di scelta, sicura strada tracciata verso un destino già compiuto. Eppure quante volte poi li aveva rinnegati rincorrendo il sangue non come cibo ma come forza che pulsa forte in petto e scorre veloce nelle membra. Sangue esploratore caldo di ogni parte del proprio corpo e che ne conosce ogni intimo sospiro, ogni tormento, ogni illusione.

La sensazione di freddo la abbandonò e subito sentì il sollievo della stoffa morbida sulle spalle a darle calore, il suo respiro le gonfiava il petto trattenuto dalla scollatura sobria, sentì la volontà di urlare, di chiamare a sé ogni cosa che aveva vissuto e di poterla esaminare ancora. Dieci anni come vampira da bambina, dieci anni come mortale da ragazza.

Come avrebbe potuto scegliere? Senza scambiare le parti e vivere da adulta nelle terre ghiacciate e regalando, al contrario, alla bambina che era stata, il sole o l'odore del mare quando esso è alto in cielo, le mani morbide di chi è mortale e di sangue vive lasciandolo scorrere, non succhiandolo avidamente.

Ma non sarebbe stato così, loro, i signori che predominavano, avevano scelto, e da quella stanza sarebbe uscita o Vampira o Reietta. Nessun compromesso, nessun rimando, nessun indugio.

Le porte infine si serrarono, sentì perfettamente il metallo stridere nel chiavistello, il Consiglio era sigillato, nessuno sarebbe uscito da lì finché la scelta non fosse stata compiuta, viva o morta loro avrebbero rivisto lo stesso cielo, come ogni notte, immutabile, di luna blu e solenne, lei invece ne avrebbe abbracciato i riflessi come sua figlia o l'ultimo bagliore come colei che doveva scordare e fuggire. Ma quando i suoi occhi danzarono impetuosi e dubbiosi sulle gabbie non pensò alla scelta, a ciò che avrebbe abbracciato, le fu facile pensare a ciò che avrebbe perso. Rammentò i giorni delle terre umane trascorsi nelle ampie sale studio o libera a rincorrere un cavallo bianco nelle sconfinate pianure, quando il sole le feriva un po' gli occhi che arrossati gioivano di ciò che vedevano. Dolce come miele caldo, la sua mente scivolò sulla pelle di lui che una volta le aveva intrecciato i capelli con le spighe e le aveva fatto conoscere il sapore del mosto, rosso che scalda e poi che una stagione inebria, mentre sensi e mani esploravano circostanze sconosciute che appagano e ogni cosa ha un volo libero, sconfinato, che colma.

Sentì ancora il pulsare sulle tempie, battere e farle male, veleno che nelle membra si dibatte per trovare la sua quiete, e mentre osservava lo sguardo dei presenti rammentando il loro nome o le loro storie, si alzò. Si avvicinò alla giovane umana e ne inspirò l'odore, qualcosa dentro di lei urlò di fame e gli occhi inevitabilmente si soffermarono sul collo scarno, lungo, come cigno che si mostra ma che non ha voglia di farsi inseguire. Poi il ringhio gutturale della pantera la attirò e si avvicinò alla gabbia del felino, vi mise dentro una mano per sfiorarla, sarebbe stato il suo animale totemico, la sua compagna, il legame con la notte. Ma l'animale si ritrasse emettendo un soffio aggressivo. Anura la fissò negli occhi gialli, la sfidò desiderando di liberarla e percepirne la reale potenza selvatica. Per molto tempo si studiarono e per molto tempo Anura rammentò la voce di sua madre così ferma e solenne anche quando le augurava la buona notte e le guardie la strappavano da lei. Mai un cedimento, mai una sola lacrima, eppure quel lieve calore che sapeva darle quando la stringeva al petto ora la stava scaldando. Le sembrò di sentire l'odore del bosco di notte quando da bambina sua sorella Erazan la sfidava a cacciare e correvano insieme superando viottoli, rocce sporgenti e discese ripide, oltre alberi e arbusti che avrebbero potuto frenarle ma che nulla potevano contro la loro agilità di figlie della notte. Lei, più grande, la prendeva in giro perché non riusciva mai a superarla, goffa rotolava a volte inciampando nella lunga veste e quando finalmente trovava la sua preda notturna, il cervo o il giovane leopardo, la osservava lottare e poi nutrirsi con quel suo solito ghigno che sapeva di soddisfazione ma anche di scherno. Poi le prendeva la mano e la portava con sé facendole vedere la luna dal monte più alto, agile la sosteneva sulle spalle e le faceva toccare il cielo, illusione di giovane bambina che si appoggia a tutto ciò che vorrebbe essere, ammirandolo.

Il volto del Quermir si accigliò, impaziente attendeva risposta, non tollerava indecisione da una sua creatura, si alzò raggiungendola e le prese le mani parlandole con determinazione.

"Scegli ciò che sarà di te rammentando che qualsiasi cosa lascerai dietro in qualche modo ti seguirà, non ti priverò dei ricordi, né delle sensazioni che hai vissuto, in ogni caso esse saranno parte della tua vita, ma solo una, una soltanto, può essere la tua via."

Anura gli fu grata per quel suo ultimo tocco, quel gesto paterno che sottostava al suo rango, senza eccedere troppo, annuì. Quando lui le lasciò le mani lei si sfiorò i capelli, il bagliore del loro rosso acceso illuminò per un istante la stanza, rifrangendosi nel blu pallido della Sfera di non-vita, lì rara e pericolosa.

Nei tratti dell'umana le parve di rivedere una sua compagna di Ateneo, le tremarono le mani al solo pensiero che fosse davvero lei, provò pietà e le sfiorò i polsi. La donna iniziò a piangere, ma un pianto dignitoso e silenzioso, si fece più curva, debole si accasciò a terra lamentandosi. L'odore del legno bruciato la investì, inesistente in quella stanza si impresse nella sua mente, fu fuoco e fu fiamma scintillante che vola in alto indomabile. Sentì la voglia di piangere ma si trattenne.

"Quando sono entrata in questa stanza non avevo compiuto la mia scelta," iniziò a dire con voce apparentemente calma, "avevo bisogno di sentire questo posto, i vostri sguardi su me, le parole del Quermir e sperare che la via mi fosse indicata a pelle dalla parte predominante in me. Speravo in qualcosa che avrei potuto vedere o sentire e che mi avrebbe fatto decidere. Sono nata per metà come voi e per metà come coloro che reputate inferiori e che invece di superiore hanno le sensazioni che voi mai potrete provare, o le cose che mai potrete vedere o scorgere alla luce di un sole caldo e non di una sfera fredda. Ma per metà io sono come voi, nobile di conoscenza e potere, spirito di sopravvivenza e supremazia. Non ho modo di stringere a me tutto questo, qualcosa rimarrà alle mie spalle."

La voce si interruppe, Anura era stata attirata dai movimenti della pantera che girava in tondo nella gabbia. Sembrava schernirla impaziente. L'animale aveva rizzato il pelo sulla schiena assumendo una postura di attacco, lei non riuscì a capire quelle reazioni.

"Dovrai sfidarla, non si piegherà a te senza uno scontro, è

la sua volontà e io non ho il potere di cambiare le cose. È pura figlia dell'istinto." Il Quermir le indicò la gabbia con un lento gesto del braccio, le maniche ampie si dispiegarono come ali oscure, eleganti ondeggiarono sotto l'arto sottile e nervoso.

"Credevo che fosse la mia compagna se avessi scelto la via della notte, non la mia sfida," disse con un filo di voce, meravigliata.

"Non è così, Anura, se sceglierai la via dell'oscurità io voglio avere la prova della tua caparbietà, non mi basterà vederti mordere un'umana malnutrita. Se vuoi lei, se la vuoi così com'è, dovrai meritare la sua fiducia, dovrai farle capire che puoi combattere con lei e vincerla." Le parole del vampiro erano prive di indugio, non v'era modo di sfuggire a esse. "Se invece sceglierai la via dei mortali affronterai lo stesso la pantera perché non posso permettere che un reietto esca di qui senza guadagnarsi la libertà, se dovrai perdere questo soffitto sarà l'ultima cosa che vedrai. E combatterete insieme, tu e la giovane donna, non sarai privata dei tuoi poteri arcani umani. Nessuna delle tue potenze ti sarà negata, poi, se sopravvivrai alla pantera, le porte si apriranno e tu andrai via, lontano, per sempre."

Anura desiderò, stravolta nei suoi sensi, di essere ancora lì tra quelle braccia calde e possessive, desiderò il sole e non la luna ma gli occhi della pantera si insinuarono in lei come lame affilate, la attirarono e lei vi lesse dentro notti e agili salti, respiro lento, odore di muschio bianco e di profondo sentire. La pantera si fermò davanti alla porticina della gabbia, sedendosi, come una statua, immobile. Anura socchiuse gli occhi e si sfiorò le spalle poi, riaprendoli, guardò il Quermir dinnanzi a lei e indicò la gabbia della pantera.

"La sfido," disse senza alcun indugio. "La sfido per dimostrarle che è degna di me e io di lei. La sfido perché è la notte che abbraccerò, la sfido perché non v'è posto per me in queste terre se non col nero sigillo della Sfera d'Argento. La sfido perché desidero essere degna del rispetto fedele di quel felino."

Un brusio lieve si levò nella stanza, le maschere di cera smisero di esserlo e varie espressioni si alternarono sui volti nel circolo degli anziani. Il Quermir non riuscì a trattenere un sorriso, compiaciuto o forse bramoso di gustarsi la sfida, la lotta tra il vampiro e la fiera della notte. Signora contro signora. Sangue scuro che scorre tra chi vince e chi perde, consacrandosi alla non-vita eterna.

La gabbia della giovane umana venne fatta allontanare, al centro della stanza, privata dello scranno, la gabbia della pantera si aprì ed essa, silenziosa e lieve, attraversò la porticina e iniziò a girare intorno ad Anura, soffiando. Lei la seguì solo con lo sguardo, in guardia, finché la pantera non attaccò con un balzo improvviso e la atterrò. Si dimenarono per la stanza, graffi e gemiti, muscoli tesi e vellutati contro sgraziati movimenti tra lunghe pieghe d'abito elegante. Le gemme si staccarono dal bordo del vestito e macchiarono il pavimento grigio, Anura era riuscita a rialzarsi e ansimando chiamava a sé le potenze magiche, con ogni forza mistica e della sua volontà, fece apparire una fiamma dalle mani, ma non era più rossa, era blu, fredda e ferì la pantera su un fianco scagliandole lame di ghiaccio. L'animale sembrò non preoccuparsene, le era di nuovo addosso mostrandole i lunghi denti acuminati. Di nuovo così vicine, respiro caldo contro respiro freddo. Anura allora si liberò e alzò le braccia ma nel riabbassarle fece apparire delle stalagmiti di ghiaccio dal terreno. Lo slancio felino della pantera fu messo a tacere dalle lunghe punte di ghiaccio sorte nella stanza di pietra. La sua carne venne trafitta, la pantera si dimenò poi perse ogni furia e si accasciò.

Il Quermir e gli anziani si avvicinarono alla giovane vampira, le sfiorarono le spalle, costruendo un cerchio di corpi e braccia sotto il blu riflesso della Sfera, lei sentì dentro sé rinascere un ricordo così lontano, sentì il sangue gelarsi e poi scorrere di nuovo ma più veloce, incessante il respiro diventava affannoso e poi la quiete, gli occhi a scorgere meglio ogni ombra e la Sfera a baciarle il volto ora adulto e fiero. Poi la fame, nuova, si impossessò di ogni suo sentire, la brama del sangue, lo sguardo famelico verso la gabbia dell'umana. La raggiunse, la strattonò fuori strascinandola per i capelli al centro della stanza, si avventò sul suo collo mostrando i canini tra le labbra secche ma quando sentì il tocco della sua pelle, del collo pulsante di sangue vivo, si fermò.

Tornò dalla pantera, la prese in braccio e la avvicinò all'umana, lungamente bestia e vampira si guardarono, Anura la teneva curandole ogni ferita col dono del ghiaccio, la sostenne finché ritornò in piedi e le indicò l'umana. La pantera la fissò come indecisa, poi si avventò sulla donna inerme e priva di sensi e se ne cibò avidamente. Quando fu sazia incurvò la schiena abbassando il capo e la sua forma mutò completamente nelle fattezze, il volto candido di una giovane vampira si stagliò contro la luce azzurra della Sfera e tutti riconobbero in lei Erazan. Anura le strinse le mani e poi la abbracciò. Così strette l'una all'altra si fecero rafforzare dagli elementi ancestrali presenti nella stanza, dal cerchio di vampiri antichi e dal riflesso azzurrato. Si sfiorarono il volto con affetto, come se null'altro esistesse, neppure le parole di Aglodean, che per la prima volta tradivano una certa emozione.

"Ero certo che avresti scelto la via dei reietti, per lui, per ogni cosa che sembravi amare così tanto, ero rassegnato a perderti, a vederti morire o a perseguitarti. E invece ora rinasci come Vampira pura e scordi il tuo sangue mortale. Benvenuta, figlia mia." Le sfiorò la fronte con le labbra prendendole il volto fra le mani.

Anura cercò la mano della sorella e stringendola si rivolse a lei: "Non avrei potuto scegliere altrimenti quando negli occhi della pantera ho scorto te, mia sorella. Perché ogni cosa bella che ho vissuto nei miei anni trascorsi nelle brughiere umane, ogni sensazione, ogni potere acquisito, ogni conquista fatta non sarebbero esistiti se Erazan quando ero bambina non mi avesse insegnato a sopravvivere e a nutrirmi delle mie stesse capacità.

Ognuno di voi, perfino tu, Aglotean, mi avete impartito le lezioni giuste affinché io divenissi degna della nostra storia, ma chi mi ha insegnato a sentire chi ero e a superare i miei limiti è stata lei, e quando ero sfinita sapeva reggere il peso della mia inesperienza portandomi sulle spalle. Mi ha insegnato a vivere, a dispetto di tutto, e a batterla, e oggi le ho mostrato i frutti.

"Non esiste storia e non esiste coscienza se non si hanno occhi per leggerla e fame per desiderarla."

Erazan le sorrise con la sua solita aria beffarda, elegante e colma di sicurezza e Anura la amò desiderando di essere come lei e fiera allo stesso tempo di esserne sorella.

Le due giovani vampire attraversarono la stanza, il metallo dei chiavistelli stridette ancora una volta e le porte si aprirono, le ampie ali del castello si dischiusero alla nuova vampira pura e della stirpe della notte.

Quando la luna azzurra avvolse di raggi freddi le due figure, una di esse si mutò in pantera e con un balzo invitò l'altra a seguirla oltre quelle alte mura, verso un bosco sconfinato di piccole luci e sfide continue. La figura allora la seguì dispiegando le grandi ali scure che sorgevano nuove sulla sue scapole, simbolo del nuovo potere e della non-vita che da lì a sempre le avrebbe unite per nascita e per scelta.

Mi accucciai raggomitolando le gambe al petto, in posizione fetale. Volevo proteggermi da quanto stavo sentendo. Pelle nuova mi stava ricoprendo, nuovi odori, nuovi colori si stagliavano furenti dinnanzi a me. Avrei desiderato un abbraccio o forse solo una voce familiare e amica. E invece lì c'era solo buio e silenzio e l'aria era quella tesa di quando si attende qualcosa che sta per accadere da un momento all'altro.

La terra iniziò a tremare, potevo sentire il vociare delle rocce che si baciavano incastrandosi. Un rumore innaturale di movimento e di instabilità accompagnava il fischio angosciante del vento tra le fessure di una porta socchiusa. Riuscii ad aprirla, spingendola appena, contemporaneamente a un boato che rischiarò ogni cosa intorno a me: ero in un cortile spoglio, dissestato e avvolto da piante di ogni genere. Alcuni cigni si muovevano dolcemente sul pelo dell'acqua di uno stagno. La nuova luce lambiva quel candido piumaggio facendolo sembrare argento. Un nuovo senso di pace mi trascinò nei pressi di un piccolo masso, sul quale potei sedere e riposare.

Ambrosia

TORNO DOPO PRANZO.

Scrisse le poche parole su un biglietto adesivo e lo appese al vetro della porta. Raccolse la borsa, si infilò il giubbino di pelle, osservò un istante la sua immagine nello specchio accanto al registratore di cassa. I capelli erano in disordine, ombre scure appesantivano lo sguardo acuto, distante e il leggero trucco della mattina era scomparso. Chiuse gli occhi su quell'immagine e chiuse la porta dietro di sé. Uno sguardo all'orologio. Era tardi. Correre.

Quando raggiunse la sua auto notò un antipatico foglietto tra i tergicristalli, una multa, la prese e senza neppure leggerla la appallottolò e la gettò in terra. Non c'era tempo.

Il traffico quella mattina era più fermo del solito. Semafori assonnati scandivano il tempo tra rumorose vetture e motocicli che facevano fatica a scorrere. Donne con pesanti borse tornavano a casa dopo la spesa, anziani con bastone portavano il cane al parco, operatori comunali ripulivano le strade, il lavavetri cercava denaro, un ragazzino dal colorato zaino saltava sul marciapiede con le sue buffe scarpe da ginnastica guardandosi intorno invece di stare a scuola.

Prima, seconda, accelerare, cambiare in terza, frenare, seconda, freccia, svoltare. Il tempo correva più di lei e la radio mandava in onda solo canzoni noiose.

Frenò e sentì il tacco cedere, sarebbe andata scalza non le importava molto in quel momento. Cercò un parcheggio, non vi era posto neppure per una vettura piccola come la sua. Si fermò pestando col piede sul freno, scese e osservò la sua macchina in doppia fila, scrollò le spalle, prese la borsa e chiuse a chiave. Correre, veloce, il tacco cedette, si fermò e si sfilò i sandali, i piedi nudi sull'asfalto ruvido, caldo, l'orlo dei jeans strusciava a terra dandole fastidio, ma non le importò neppure questo. Doveva correre.

Quando arrivò in quell'ampio e chiaro atrio ansimava. Qualcuno la osservò distrattamente fissandole i piedi. Le unghie smaltate di rosso scuro bruciavano su quel candido pavimento in marmo, gli occhi grigi si posarono sulla donna intenta a parlare al telefono al banco informazioni.

Poche parole, un'indicazione, quella giusta.

Correre ancora, via il giubbino, caldo, il sudore scendeva dalla tempia al collo, lento, sempre più freddo, fino a ghiacciarsi sul colletto della camicia scura, aperta appena sul seno, sul petto ansimante di fatica.

Porte, troppe porte, una dopo l'altra, aprirle e poi lasciarsele dietro fino alla prossima. Scale, piani interminabili fino all'ultimo, quello che dava sul giardino. Eccolo, il grande albero, il laghetto sotto, le infermiere in abito bianco, i cigni. Corse sull'erba fresca di rugiada, una forte sensazione di rinascita le salì dalla pianta dei piedi fino al volto contratto in una smorfia di fatica.

Si fermò e riprese fiato, con lo sguardo cercava una figura familiare, si mosse tra le persone tenendo in mano la borsa di cuoio.

Correva e camminava come in una danza inspiegabile.

Tempo, non c'era più tempo. Lontano una mano forte ma scarna lasciò cadere una penna stilografica su un bianco foglio.

Due parole nere dormivano in attesa di essere lette.

Due occhi scuri, vuoti, guardarono il lago e il cigno che si lisciava le piume, senza vederlo e senza vedere la donna che scalza e con un giubbino di pelle nera in mano correva. Mosse piano le mani sulle larghe ruote della sedia a rotelle facendole girare. La penna stilografica cadde a terra nell'erba, la donna si fermò e la raccolse.

Il volto dell'uomo si contrasse, tese l'orecchio e annusò l'aria. Sorride di stanchezza e di malinconia, alzò una mano fino a incontrare la mano di lei.

La penna stilografica cadde di nuovo a terra, le mani si unirono, le bocche si cercarono e si trovarono. Un bacio, l'eternità, la scelta.

"Ci sono..." sussurrò lei.

"Ti aspettavo," rispose lui.

Un foglio bianco volteggiava tra verdi alberi frondosi, non trovava pace, e si allontanava da ogni cosa salendo sempre più in alto. Poi la corrente giusta e finalmente toccò terra.

Due parole solitarie scritte con inchiostro nero dormivano in attesa di essere lette.

TI AMO.

Non potevo crederci! Tutto era nuovamente mutato. Era diventato frustrante, ogni volta che mi sembrava di afferrare una stabilità, una certa serenità, essa di nuovo scompariva e tornava l'angoscia dell'ignoto. Ebbi la forte volontà di cedere, di lasciarmi andare. Avevo visto troppe cose e troppe erano così lontane dal mio mondo. Ma più si allontanavano, in consistenza e ricordo, e più mi sentivo smarrita, costretta a rifare i conti con la realtà, con i miei interrogativi, ridivenendo di nuovo presente, me stessa.

In una cassa, simile a un forziere, giacevano spade e scudi, alcuni pezzi di armatura di cuoio, un pugnale e delle erbe curative. In dei sacchetti, lì dentro, trovai strane monete e pietre acuminate, un copricapo a forma di muso di lupo e qualche strano cristallo luminescente. Niente di tutto quello però poteva aiutarmi. Richiusi la cassa cercando un pertugio nel muro di pietre che mi impediva di guardare oltre. Un impedimento alla libertà, un invalicabile confine tra ciò che ero stata e ciò che sarei potuta essere.

Mi prese lo sconforto e mi domandai che senso avesse infondo andare avanti e combattere, credere e decidere, al posto del lento scemare delle forze e l'oblio di quando, oramai arresa, attendi che giunga la notte.

Acqua marcia

"Sì," disse mentre sorrideva affabilmente. "Ci vediamo domani mattina al solito orario. Buona serata." Raccolse la borsa e il cappotto e uscì dalla porta principale. Come ogni sera, come ogni giorno della sua vita degli ultimi dieci anni.

Nessuno conosceva le sue abitudini fuori dal lavoro. Dieci anni a ricevere e accompagnare persone, studiosi, turisti attraverso le grandi sale del museo. Dieci anni a osservare quadri, sculture, opere più o meno gradevoli di artisti più o meno sconosciuti.

Lalla non aveva un sogno o forse sì, parlava poco di sé e non aveva mai portato nessuno sul lavoro della sua famiglia. Dicevano che aveva una sorella che viveva lontano, all'estero. Dicevano anche che aveva avuto un uomo ma che era morto di overdose. Dicevano che le piacevano le donne. Alcuni giuravano di averla vista in quei locali strani per scambisti.

Nessuno aveva mai visto casa sua o aveva saputo nulla delle sue vacanze. Non era mai andata a una cena coi colleghi o a fare shopping con le amiche di lavoro.

Indossava abiti sobri, mai alcuna scollatura, mai una minigonna, eppure le sue prorompenti curve spesso catturavano lo sguardo degli uomini.

Una sola volta si era sentita male a lavoro, ed era mancata per una settimana, alcuni sostennero che era incinta ed era andata ad abortire in una clinica privata.

Erano solo chiacchiere, nessuno sapeva nulla di Lalla, nessuno la conosceva davvero eppure tutti potevano chiacchierarne per ore come se della sua vita conoscessero ogni minimo dettaglio.

Aveva modi gentili e un sorriso cordiale sempre per tutti. Quando le era stato affidato un incarico di maggiore responsabilità lei aveva accettato senza dir nulla, contenta ma senza dar troppo peso. Lalla viveva nel suo silenzio e ogni sera, chiuso quel portone, prendeva il 18, quello che passa lungo i viali del fiume, e tornava a casa.

Quella sera però non lo fece.

Oltrepassò la fermata, guardò il 18 andare via, attraversò la strada e si incamminò verso la periferia. Stava facendo buio e Lalla voleva camminare. Raggiunse una casa buia e malandata in fondo a una via poco frequentata. Infilò una chiave nella toppa e aprì. La porta cigolò prima di essere richiusa con un tonfo sordo.

Fece pochi passi sul pavimento di legno consumato, lasciò la borsa su una sedia impolverata accanto a un tavolino con su un telefono muto. Si sfilò le scarpe col tacco e rimase a piedi nudi, camminò fino alla veranda dall'altra parte della casa e si sfilò i jeans e la camicia di seta.

Si sedette su una vecchia sedia a dondolo imbottita, aprì un cassetto sotto a un basso tavolino e prese un pacchetto di Marlboro rosse, ne accese una e fece una lunga tirata. La testa girò per qualche istante.

Appoggiò la testa all'indietro sul muro e chiuse gli occhi. Nella sua mente riprese voce la sua vita e i ricordi tornarono vividi.

"Alzati dal questo letto, La'," disse un'anziana donna togliendole le coperte di dosso. Il freddo pungente la fece rabbrividire.

"Sì, nonna, eccomi. Buongiorno."

La donna non rispose, le rivolse le spalle e sparì oltre l'uscio. Lalla indossò una felpa consumata e andò a bere il suo caffè sulla verandina con una vecchia sedia a dondolo. Si accese una sigaretta e aspirò come se quel fumo fosse la sua sola aria. Si vestì di fretta, minigonna, tacchi a spillo, un corpetto rosa sgargiante a coprirle il minimo indispensabile. Un filo di rossetto sulle labbra, la matita pesante sugli occhi e corse in macchina. Era oramai il tramonto, le macchine sfrecciavano veloci sulla statale. Chi tornava a casa e chi andava in cerca di divertimento.

Lalla parcheggiò al solito posto, scese, richiuse la macchina e si sistemò la minigonna sui fianchi generosi. Prese una storta e per poco non ruppe il tacco, camminò decisa fino a un vecchio edificio. Lì un uomo la guardò con distrazione e le indicò l'orologio appeso alla parete.

"È tardi, puttanella, devi essere più puntuale, le tue amiche hanno già accontentato i primi porci della strada e tu fai la principessa," disse l'uomo dalla barba folta e scura avvicinandosi a lei e infilandole una mano sotto la gonna. Lalla si allontanò con sdegno.

"Non fare la preziosa con me. Ti sei sbattuta almeno la metà degli uomini di questa borgata e vorresti fare la verginella ora? Vieni qui e voltati," le disse strattonandola e piegandole un braccio dietro la schiena. Lalla non disse nulla, lo lasciò fare, nessuna espressione, nessuna emozione. La puzza di fumo e sudore permeava ogni movimento dell'uomo su lei. Non sentiva nulla Lalla, ascoltava la musica nella sua testa, sognava di correre a cavallo su una spiaggia bianca. Si ricordò gli occhi di sua madre quando era piccina e la portava a fare la spesa con sé. Ricordò il giorno in cui morì e ricordò la sua prima volta, troppo piccola per non piangere, troppo debole per ribellarsi.

Lui le rubava l'anima mentre urlava di piacere e Lalla inarcò la schiena illudendolo della sua sottomissione. Osservò la borsetta sulla poltrona, la afferrò ed estrasse il coltello dalla tasca interna, quello che portava per sicurezza sempre con sé come le aveva consigliato lui. Fece scattare il manico e la lama brillò alla luce della lampada da tavolo. Un movimento, uno solo e conficcò la lama nel collo sudato, si voltò, gli occhi increduli di lui, le mani le afferravano il polso.

Lalla girò con foga e rabbia quella lama nel collo, lo estrasse, venne schizzata dal sangue, si pulì con il dorso della mano il volto, conficcò il coltello nell'occhio di lui e lo estrasse mentre si accasciava a terra esanime. Infierì ancora nel petto, sull'addome, all'inguine. Più volte, con foga, con piacere. Quando saziò la sua follia si accese una sigaretta, tirò un paio di boccate poi la gettò a terra. Corse nel bagno della casa, prese dell'alcool, tornò sulla sua sigaretta e vi gettò sopra il liquido che subito si infiammò. Ogni cosa prendeva fuoco mentre Lalla correva via e inciampava coi suoi tacchi a spillo. Accese la macchina e ingranò la prima con foga. Corse lontano, per ore, non piangeva, non sorrideva, ascoltava la musica, una vecchia canzone di Bob Dylan. Lalla non pianse mai, andò lontano. Varcò confini e strade, buttò via tacchi a spillo e passato e non tornò mai più nella vecchia casa con la sedia a dondolo.

I ricordi si fecero di nuovo lontani. Lalla spense il mozzicone a terra, si alzò e guardò quella vecchia veranda poi andò in ogni stanza di quella casa che aveva comprato qualche anno prima perché le ricordava il suo passato. Un passato che aveva bisogno di lacrime e di urla.

Salì al piano di sopra, il disuso di quella casa le conferiva un'aria grigia, l'odore forte di muffa e ruggine la investì quando entrò nel bagno. Aprì il rubinetto nella vasca, si guardò allo specchio a lungo mentre l'acqua scorreva prima fredda, poi bollente. Gli occhi grigi finalmente si colmarono di lacrime.

Lalla pianse a lungo guardandosi, osservando le rughe d'espressione sul volto, le curve lievi attorno alle labbra per i molti sorrisi. Fasulli. Finti.

Si immerse nell'acqua raggomitolandosi, scese giù con la testa bagnandosi i capelli scuri e lunghi. Riemerse e bevve, l'acqua sapeva di vecchio, di marcio.

La mano scese di lato alla vasca e prese una scatolina con su disegnate delle rose gialle, la aprì, dentro dei confetti bianchi e tondi. Lalla ne mangiò una manciata mandandoli giù insieme all'acqua marcia della vasca.

Sorrise e si rilassò. Era di nuovo bambina e sorrideva con la sua bambola bionda su una vecchia fotografia oramai sbiadita.

Molti giorni dopo l'acqua marcia restituì, ai pompieri chiamati dai vicini per il terribile odore proveniente dalla vecchia casa in fondo alla via, un corpo molle e bianco come cera che si scioglie.

Le mani scarne, le labbra in uno strano sorriso sereno.

Mi alzai di scatto spingendo lontano da me il tavolo, la sedia, ero rigida, terrorizzata. Un senso di sconfitta mi rendeva inquieta. Le cose sul tavolo si mossero, alcune caddero. A terra piccole pietre e zenzero. La tazzina del tè di fronte a me era vuota.

Tata Lia mi fissava, non si era mossa affatto nonostante il mio brusco movimento contro i suoi mobili da tè. Sì perché oramai tali li consideravo, dei terribili quanto inquietanti mobili da tè, da cerimoniale. Tavoli e sedie come altari, e tazzine e polveri come miscugli alchemici in grado di fare chissà quali stramberie.

"Come Rafuli!" le urlai in faccia e lei, di rimando, si mise a ridere.

"Hai ancora in testa ricordi del tuo viaggio che danzano, non dire sciocchezze, Rafuli non esiste, se non lì," e mi indicò, "nella tua testa." Il tono di tata Lia ora era insopportabilmente calmo.

Riuscii a mettere a fuoco ciò che avevo intorno, la luce nel tinello era la medesima, la ragazza dai capelli rossi sorrideva come una bambola di cera senza espressione e raccoglieva gli oggetti caduti a terra. Poi si fermò in un angolo, seduta su di uno sgabello sgangherato e quel sorriso di cera divenne la maschera di un'autentica bambola di porcellana, vestita di pizzi e merletti, coi capelli sintetici di color rosso.

"Che diamine di diavoleria è questa?" Ero furiosa, iniziai a cercare per la casa qualcosa che avesse un senso, che mi desse una spiegazione plausibile. Ogni cosa era come quando ero arrivata, il giovane col bambino in braccio non c'era più nel salotto e tata Lia rimase dietro di me, seguendomi con andatura lenta, senza parlare.

La porta, in fondo, corsi verso di essa e la spalancai. Una bora gelida mi investì facendomi tremare e socchiudere gli occhi.

"Mamma, ecco dov'eri finita! Sono andato al di là del ponte dal droghiere e ho comprato le schifezze che tu detesti e che invece

a me piacciono! Dai, andiamo a casa?" Era il visetto di mio figlio, sporco di qualcosa che sembrava cioccolato e stropicciato negli abiti da tempo libero che aveva indossato prima di uscire. Lo abbracciai d'istinto.

"Dai mamma, non stritolarmi, non sono più un bambino!" E ridacchiando mi allontanò. "Oh tata Lia, tata Lia!" urlò euforico superandomi e correndo ad abbracciare la vecchia dietro di me. Ero sorpresa, non riuscivo a ricordare quando l'avesse conosciuta e come. E quella tenerezza che scorgevo in lui, spesso riluttante alle smancerie, in questa fase della sua età, mi stupiva.

Lei lo accolse in un abbraccio e dandogli un buffetto sulla guancia gli disse: "C'è una fetta di torta alle mele per te in cucina, valla a prendere, è sulla credenza," e lui corse come se fosse abituato a girare per quella casa e a prenderne i doni.

La guardai, i suoi occhi intensi sembrarono scrutarmi nel profondo. Provai ancora una volta disagio. Ma lei mi prese le mani e qualcosa iniziò a sciogliersi dentro di me, mi rifugiai in quella stretta, in quel contatto caldo e finalmente piansi.

"So che ora ogni cosa è confusa, hai viaggiato tanto, hai scavato nelle vite reali di molte persone. Ora sai che una decisione può essere affrontata in molti modi, sai che ogni scelta comporta una rinuncia inevitabile e forse hai acquisito la consapevolezza che dentro l'animo umano si dibattono molte forze, alcune impetuose come fuoco, ma altre ferme come terra. Sei stata rapita dal fluire costante dell'acqua e dal suono del vento che ogni cosa tocca e vede. E tutto questo porta, infine, a mutare, come legno che brucia e diviene cenere. Non usare il passato per risolvere il futuro. Decidi secondo le tue esperienze ma non come se fossi Lidya o Anura, Lalla o Abraxa. Loro erano lo specchio che doveva rifletterti le immagini delle possibili scelte, delle possibili vie, ma non la tua. La tua strada la scorgerai solo attraverso te stessa e attraverso la tua storia." Mi baciò la fronte e quel gesto sembrò suggellare dentro me la fine di qualcosa e l'inizio d'altro.

Sono passati molti anni, la casa delle vacanze fu venduta a una giovane coppia anni fa e io non sono mai più tornata in quel posto. Mio figlio è oramai adulto e vive all'estero con la sua ragazza, studiano insieme e spesso mi mandano delle mail raccontandomi il necessario affinché io non mi preoccupi. Tata Lia è tornata nel suo paese, sullo stretto di Panama, e prima di farlo è venuta fino a qui in città a salutarci. Ricordavo bene l'anno in cui mi aiutò a seguire il mio piccolo bambino sostenendomi tra gli impegni da neo madre e il lavoro. Ricordai anche che aveva bussato alla mia porta in una sera d'inverno, dicendomi che aveva letto un annuncio in merito alla ricerca di una tata. Pensai che si fosse sbagliata, non avevo scritto nessun annuncio ma parlandole mi resi conto che sarebbe stata una buona idea.

Una nuova coscienza di ricordi si era fatta strada dentro di me dopo quel pomeriggio a bere tè allo zenzero e mai sono riuscita a capire fino in fondo se fossero stati tutti veri o solo ricordi di una parte di me che ancora doveva esistere.

Prima di prendere l'aereo tata Lia mi lasciò un sacchetto di tela scura, dentro bacche di tè da piantare e radici sporche di zenzero da pulire, dei sassolini dentro una scatola e un punteruolo, di quelli usati per lavorare le decorazioni sul legno. Poi mi disse poche cose.

"Le bacche vanno piantate in terra scura e non argillosa, devono essere costantemente ricoperte d'acqua e la temperatura deve essere calda intorno al vaso, l'aria però umida. Quando le piantine cresceranno lavorale, essiccale, poi servine il tè come ti ho insegnato io. Sei oramai abbastanza vecchia da sapere come usare il resto." E scomparve.

Non la rividi mai più, in queste strade a volte affollate della città. Non la rividi più attorno alla casa delle vacanze. La incontrai su bianche spiagge e freddissimi boschi nordici di pini e cespugli di mirtillo. In quasi ogni viaggio che intrapresi sola o con chi aveva bisogno di vedere. A volte con una spada in mano, altre con globi di energia magica o semplicemente pura come neve ed eterea.

Il viaggio, i viaggi, si protrassero per molto tempo, divenendo compagni di giornate afose o noiose ma sempre colme di realtà e di scelte che oramai, non più stanca e confusa, sapevo compiere con la forza di chi sa cosa cerca e cosa sta lasciando dietro.

Senza alcun rimpianto.

Ringraziamenti

Le storie nascono quando si ha voglia di raccontare e qualcuno di ascoltare.

A volte può essere un amico, un parente o semplicemente una pagina bianca che conserverà gelosamente quella storia, quello sprazzo di vita, immaginaria o reale, solo per se stessi.

A volte prendono forma e diventano tante, con molte facce, o si spengono e rimangono piccoli scrigni chiusi con dentro emozioni temporanee.

Ringrazio tutti coloro che hanno letto con entusiasmo, prima ancora che questo libro venisse pubblicato, che hanno chiesto, ascoltato, criticato, suggerito.

Andrea sopra tutti, per le lunghe nottate di riletture e supposizioni, viaggi onirici e suggerimenti, concluse con la minaccia che si vendicherà al suo primo libro.

Ringrazio le comunità di appassionati di fantasy e giochi di ruolo, che con le loro contaminazioni hanno dato vita e ardore alla mia fantasia, facendomi vedere nuove strade e nuovi personaggi.

Ringrazio chi ha fatto uscire da qualche cartella digitale queste storie, pensando che potessero volare lontano, senza briglie e ha insistito affinché io aprissi la scatola.

Indice

Finito di stampare
nel mese di marzo 2013
per conto della Giovane Holden Edizioni sas
da Universal Book srl - Cosenza
Printed in Italy

Distribuzione per le librerie Cinquantuno.it